PROSAS I

LEOPOLDO LUGONES

Copyright del texto © 2023 Culturea ediciones
Sitio web : http://culturea.fr
Impresión: BOD - Books on Demand
(Norderstedt, Alemania)
Correo electrónico : infos@culturea.fr
ISBN :9791041812516
Depósito legal : abril 2023

LA FUERZA OMEGA

No éramos sino tres amigos. Los dos de la confidencia, en cuyo par me contaba, y el descubridor de la espantosa fuerza que, sin embargo del secreto, preocupaba ya a la gente.

El sencillo sabio ante quien nos hallábamos, no procedía de ninguna academia y estaba asaz distante de la celebridad. Había pasado la vida concertando al azar de la pobreza pequeños inventos industriales, desde tintas baratas y molinillos de café, hasta máquinas controladoras para boletos de tranvía.

Nunca quiso patentar sus descubrimientos, muy ingeniosos algunos, vendiéndolos por poco menos que nada a comerciantes de segundo orden. Presintiéndose quizá algo de genial, que disimulaba con modestia casi fosca, tenía el más profundo desdén por aquellos pequeños triunfos. Si se le hablaba de ellos, concomíase con displicencia o sonreía con amargura.

-Eso es para comer -decía sencillamente.

Me había hecho su amigo por la casualidad de cierta conversación en que se trató de ciencias ocultas; pues mereciendo el tema la aflictiva piedad del público, aquellos a quienes interesa suelen disimular su predilección, no hablando de ella sino con sus semejantes.

Fue precisamente lo que pasó; y mi despreocupación por el qué dirán debió de agradar a aquel desdeñoso, pues desde entonces intimamos. Nuestras pláticas sobre el asunto favorito fueron largas. Mi amigo se inspiraba al tratarlo, con aquel silencioso ardor que caracterizaba su entusiasmo y que sólo se traslucía en el brillo de sus ojos.

Todavía lo veo pasearse por su cuarto, recio, casi cuadrado, con su carota pálida y lampiña, sus ojos pardos de mirada tan singular, sus manos callosas de gañán y de químico a la vez.

-Anda por ahí a flor de tierra -solía decirme- más de una fuerza tremenda cuyo descubrimiento se aproxima. De esas fuerzas interetéreas que acaban de modificar los más sólidos conceptos de la ciencia, y que justificando las afirmaciones de la sabiduría oculta, dependen cada vez más del intelecto humano. La identidad de la mente con las fuerzas directrices del cosmos -concluía en ocasiones, filosofando- es cada vez más clara; y día llegará en que aquella sabrá regirlas sin las máquinas intermedias, que en realidad deben de ser un estorbo. Cuando uno piensa que las máquinas no son sino aditamentos con que el ser humano se completa, llevándolas potencialmente en sí, según lo prueba al concebirlas y ejecutarlas, los tales aparatos resultan en substancia simples modificaciones de la caña con que se prolonga el brazo para alcanzar un fruto. Ya la memoria suprime los dos conceptos, fundamentales, los más fundamentales como realidad y como obstáculo -el espacio y el tiempo, al evocar instantáneamente un lugar que se vio hace diez años y que se encuentra a mil leguas; para no hablar de ciertos casos de bilocación telepática, que demuestran mejor la teoría. Si estuviera en ésta la verdad, el esfuerzo humano debería tender a la abolición de todo intermediario entre la mente y las fuerzas originales, a suprimir en lo posible la materia otro axioma de filosofia oculta; mas, para esto, hay que poner el organismo en condiciones especiales, activar la mente, acostumbrarla a la comunicación directa con dichas fuerzas. Caso de magia. Caso que solamente los miopes no perciben en toda su luminosa sencillez. Habíamos hablado de la memoria. El cálculo demuestra también una relación directa; pues si calculando se llega a determinar la posición de un astro desconocido, en un punto del espacio, es porque hay identidad entre las leyes que rigen al pensamiento humano y al universo. Hay más, todavía: es la determinación de un hecho material por medio de una ley intelectual. El astro tiene que estar ahí, porque así lo determina mi razón matemática, y esta sanción imperativa equivale casi a una creación.

Sospecho, Dios me perdone, que mi amigo no se limitaba a teorizar el ocultismo, y que su régimen alimenticio, tanto como su severa continencia, implicaban un entrenamiento; pero nunca se flanqueó sobre este punto y yo fui discreto a mi vez.

Hablase relacionado con nosotros, poco antes de los sucesos que voy a narrar, un joven médico a quien sólo faltan sus exámenes generales, que quizá nunca llegue a dar pues se ha dedicado a la filosofía; y éste era el otro confidente que debía escuchar la revelación.

Fue a la vuelta de unas largas vacaciones que nos habían separado del descubridor. Encontrámoslo algo más nervioso, pero radiante con una singular inspiración, y su primera frase fue para invitarnos a una especie de tertulia filosófica -tales sus palabras- donde debía exponernos el descubrimiento.

En el laboratorio habitual, que presentaba al mismo tiempo un vago aspecto de cerrajería, y en cuya atmósfera flotaba un dejo de cloro, empezó la conferencia.

Con su voz clara de siempre, su aspecto negligente, sus manos extendidas sobre la mesa como durante los discursos psíquicos, nuestro amigo enunció esta cosa sorprendente:

-He descubierto la potencia mecánica del sonido. Saben ustedes -agregó, sin preocuparse mayormente del efecto causado por su revelación-, saben ustedes bastante de estas cosas para comprender que no se trata de nada sobrenatural. Es un gran hallazgo, ciertamente, pero no superior a la onda hertziana o al rayo Roentgen. A propósito, yo he puesto también un nombre a mi fuerza. Y como ella es la última en la síntesis vibratoria cuyos otros componentes son el calor, la luz y la electricidad, la he llamado la fuerza Omega.

-Pero ¿el sonido no es cosa distinta?... -preguntó el médico.

-No, desde que la electricidad y la luz están consideradas ahora como materia. Falta todavía el calor; pero la analogía nos lleva rápidamente a conjeturar la identidad de su naturaleza, y veo cercano el día en que se demuestre este postulado para mí evidente:' que si los cuerpos se dilatan al calentarse, o en otros términos, si sus espacios intermoleculares aumentan, es porque entre ellos se ha introducido algo y que este algo es el calor. De lo contrario, habría que recurrir al vacío aborrecido por la naturaleza y por la razón. El sonido es materia para mí; pero esto resultará mejor de la propia exposición de mi descubrimiento. La idea, vaga aunque intensa hasta el deslumbramiento, me vino -cosa singular- la primera vez que vi afinar una campana. Claro es que no se puede determinar de antemano la nota precisa de una campana, pues la fundición cambiaría el tono. Una vez fundida, es menester recortarla al torno, para lo cual, hay dos reglas; si se quiere bajar el tono, hay que disminuir la línea media llamada "falseadura", si subirlo, es menester recortar la "pata", o sea el reborde, y la afinación se practica al oído como la de un piano. Puede bajarse hasta un tono, pero no subirse sino medio; pues cortando mucho la pata, el instrumento pierde su sonoridad.

Al pensar que si la pierde no es porque deje de vibrar, me vino esta idea, base de todo el invento: la vibración sonora se vuelve fuerza mecánica y por esto deja de ser sonido; pero la cosa se precisó durante las vacaciones, mientras ustedes veraneaban, lo cual aumentó, con la soledad, mi concentración. Ocupábame en modificar discos de fonógrafo y aquello me traía involuntariamente al tema. Había pensado construir una especie de diapasón para destacar, y percibir directamente por lo tanto, las armónicas de la voz humana, lo que no es posible sino por medio de un piano, y siempre con gran imperfección; cuando de repente, con claridad tal que en dos noches de trabajo concebí toda la teoría, el hecho se produjo.

Cuando se hace vibrar un diapasón que está al mismo tono con otro, éste vibra también por influencia al cabo de poco tiempo, lo que prueba que la onda sonora, o en otros términos, el aire agitado, tiene fuerza suficiente para poner en movimiento el metal. Dada la relación que existe entre el peso, densidad y tenacidad de éste con los del aire, esa fuerza tiene que ser enorme; y sin embargo, no es capaz de mover una hebra de paja que un soplo humano aventaría, siendo a su vez impotente para hacer vibrar en forma perceptible el metal. La onda sonora es, pues, más o menos poderosa que el soplo de nuestro ejemplo. Esto depende de las circunstancias; y en el caso de los diapasones, la circunstancia debe ser una relación molecular, puesto que si ellos no están al unísono, el fenómeno marra. Había, pues, que aplicar la fuerza sonora a fenómenos intermoleculares.

No creo que la concepción de la *fuerza sonora* necesite mucho ingenio. Cualquiera ha sentido las pulsaciones del aire en los sonidos muy bajos, los que produce el nasardo de un órgano, por ejemplo. Parece que las dieciséis vibraciones por segundo que engendra un tubo de treinta y dos pies marcan el límite inferior del sonido perceptible, que no es ya sino un zumbido. Con menos vibraciones, el movimiento se vuelve un soplo de aire; el soplo que movería la brizna, pero que no afectaría al diapasón. Esas vibraciones bajas, verdadero viento melodioso, son las que hacen trepidar las vidrieras de las catedrales; pero no forman ya notas, propiamente hablando, y sólo sirven para reforzar las octavas inmediatamente superiores.

Cuanto más alto es el sonido, más se aleja de su semejanza con el viento y más disminuye la longitud de su onda; pero si ha de considerársela como fuerza intermolecular, ella es enorme todavía en los sonidos más altos de los instrumentos; pues el del piano con el do séptimo, que corresponde a un máximum de *4.200* vibraciones por segundo, tiene una onda de tres pulgadas. La flauta, que llega a *4.700 vi*braciones, da una onda gigantesca todavía. La longitud de la onda depende, pues, de la altura del sonido, que deja ya de ser musical poco más allá de las *4.700* vibraciones mencionadas. Despretz ha podido percibir un do, que vendría a ser el décimo, con *32.770* vibraciones producidas por el frote de un arco sobre un pequeñísimo diapasón. Yo percibo sonido aún, pero sin determinación musical posible, en las 45.000 vibraciones del diapasón que he inventado.

-¡45.000 vibraciones! -dije-: ¡Eso es prodigioso!

-Pronto vas a verlo -prosiguió el inventor-. Ten paciencia un instante todavía.

Y después de ofrecernos té, que rehusamos:

-La vibración sonora se vuelve casi recta con estas altísimas frecuencias, y tiende igualmente a perder su forma curvilínea, tornándose más bien un zigzag a medida que el sonido se exaspera. Esto se ha experimentado prácticamente cerdeando un violín. Hasta aquí no salimos de lo conocido, bien que no sea vulgar.

Pero ya he dicho que me proponía estudiar el sonido como fuerza. He aquí mi teoría, que la experiencia ha confirmado:

Cuanto más bajo es el sonido, más superficiales son sus efectos sobre los cuerpos. Después de lo que sabemos, esto es bien sencillo. La fuerza penetrante del sonido depende, pues, de su altura; y como a ésta corresponde, según dije, una menor ondulación, resulta que mi onda sonora de 45.000 vibraciones por segundo es casi una flecha ligerísimamente ondulada. Por pequeña que sea esta ondulación, siempre es excesiva molecularmente hablando; y como mis diapasones no pueden reducirse más, era menester ingeniarse de otro modo.

Había, además, otro inconveniente. Las curvas de la onda sonora están relacionadas con su propagación, de tal modo que su ampliación progresa con gran velocidad hasta anularla como sonido, imposibilitando a la vez su desarrollo como fuerza; pero tanto este inconveniente, como el que resulta de la ondulación en sí, desaparecerían multiplicando la velocidad de traslación. De ésta depende que la onda no pierda la rectitud, que como toda curva tiene al comenzar, y al logro de semejante propósito concurrió una ley científica.

Fourier, el célebre matemático francés, ha enunciado un principio aplicable a las ondas simples -las de mi problema- que puede traducirse vulgarmente así:

Cualquier forma de onda puede estar compuesta por cierto número de ondas simples de longitudes diferentes.

Siendo ello así, si yo pudiera lanzar sucesivamente un número cualquiera de ondas en progresión proporcional, la velocidad de la primera sería la suma de las velocidades de todas juntas; la proporción entre las ondulaciones de aquélla y su traslación quedaba rota con ventaja, y libertada por lo tanto la potencia mecánica del sonido.

Mi aparato va a demostrarles que todo esto se puede; pero aún no les he dicho lo que me proponía hacer.

Yo considero que el sonido es materia, desprendida en partículas infinitesimales del cuerpo sonoro, y dinamizada en tal forma, que da la sensación de sonido, como las partículas odoríferas dan la sensación del olor. Esa materia se desprende en la forma ondulatoria comprobada por la ciencia y que yo me proponía modificar, engendrando la onda aérea conocida por nosotros; del propio modo que la ondulación de una anguila bajo el agua es repetida por ésta en su superficie.

Cuando la doble onda choca con un cuerpo, la parte aérea se refleja contra su superficie; la aérea penetra, produciendo la vibración del cuerpo y sin ninguna otra consecuencia, pues el éter del cuerpo supuesto se dinamiza armónicamente con el de la onda, difundido en él; y ésta es la explicación, que se da por primera vez, de las vibraciones al unísono.

Una vez rota la relación entre las ondulaciones y su propagación, el éter sonoro no se difunde en la masa del cuerpo, sino que la perfora, ya completamente, ya hasta cierta profundidad. Y aquí viene la explicación misma de los fenómenos que produzco.

Todo cuerpo tiene un centro formado por la gravitación de moléculas que constituye su cohesión, y que representa el peso total de dichas moléculas. No necesito advertir que ese centro puede encontrarse en cualquier punto del cuerpo. Las moléculas representan aquí lo que las masas planetarias en el espacio.

Claro es que el más mínimo desplazamiento del centro en cuestión ocasionará instantáneamente la desintegración del cuerpo; pero no es menos cierto que para efectuarlo, venciendo la cohesión molecular, se necesitaría una fuerza enorme, algo de que la mecánica actual no tiene idea, y que yo he descubierto, sin embargo.

Tyndall ha dicho en un ejemplo gráfico que la fuerza del puñado de nieve contenido en la mano de un niño bastaría para hacer volar en pedazos una montaña. Calculen ustedes lo que se necesitará para vencer esa fuerza. Y yo desintegro bloques de granito de un metro cúbico...

Decía aquello sencillamente, como la cosa más natural, sin ocuparse de nuestra aquiescencia. Nosotros, aunque vagamente, íbamonos turbando con la inminencia de una gran revelación; pero acostumbrados al tono autoritario de nuestro amigo, nada replicábamos. Nuestros ojos, eso sí, buscaban al descuido por el taller los misteriosos aparatos. A no ser un volante de eje solidísimo, nada había que no nos fuese familiar.

-Llegamos -prosiguió el descubridor- al final de la exposición. Había dicho que necesitaba ondas sonoras susceptibles de ser lanzadas en progresión proporcional, y a vuelta de muchos tanteos, que no es menester describirlos, di con ellas.

Eran el *do, fa, sol, do,* que según la tradición antigua constituían la lira de Orfeo y que contienen los intervalos más importantes de la declamación, es decir, el secreto musical de la voz humana. La relación de estas ondas es matemáticamente 1, 4/3, 3/2, 2; y arrancadas de la naturaleza, sin un agregado o deformación que las altere, son también una fuerza original. Ya ven ustedes que la lógica de los hechos iba paralela con la de la teoría.

Procedí entonces a construir mi aparato; mas, para llegar al que ustedes ven aquí -dijo sacando de su bolsillo un disco harto semejante a un reloj de níquel-, ensayé diversas máquinas.

Confieso que el aparato nos defraudó. La relación de magnitudes forma de tal modo la esencia del criterio humano, que al oír hablar de fuerzas enormes habíamos presentido máquinas grandiosas. Aquella cajita redonda, con un botón saliente en su borde, parecía cualquier cosa menos un generador de éter vibratorio.

-Primero -continuó el otro, sonriendo ante nuestra perplejidad- pensé en cosas complicadas, análogas a las sirenas de Koenig. Luego fui simplificando de acuerdo con mis ideas sobre la deficiencia de las máquinas, hasta llegar a esto, que no es sino una solución transitoria. La delicadeza del aparato no permite abrirlo a cada momento; pero ustedes deben conocerlo -añadió, destornillando su tapa.

Contenía cuatro diapasoncillos, poco menos foros que cerdas, implantados a intervalos desiguales sobre un diafragma de madera que constituía el fondo de la caja. Un sutilísimo alambre se tendía y distendía rozándolos, bajo la acción del botón que sobresalía; y la boquilla de que antes hablé era una bocina microfónica.

-Los vacíos entre diapasón y diapasón, tanto como el espacio necesario para el juego de la cuerda que los roza, imponían al aparato este tamaño mínimo. Cuando ellos suenan, la cuádruple onda transformada en una sale por la bocina microfónica como un verdadero proyectil etéreo. La descarga se repite cuantas veces aprieto el botón, pudiendo salir las ondas sin solución de continuidad apreciable, es decir, mucho más próximas que las balas de una ametralladora, y formar un verdadero chorro de éter dinámico cuya potencia es incalculable.

Si la onda va al centro molecular del cuerpo, éste se desintegra en partículas impalpables. Si no, lo perfora con un agujerillo enteramente imperceptible. En cuanto al roce tangencial, van a ver ustedes sus efectos sobre aquel volante...

...¿Qué pesa...? interrumpí.

-Trescientos kilogramos.

El botón comenzó a actuar con ruidito intermitente y seco, ante nuestra curiosidad todavía incrédula; y como el silencio era grande, percibimos apenas una aguda estridencia, análoga al zumbido de un insecto.

No tardó mucho en ponerse en movimiento la mole, y aquél fue acelerándose de tal modo, que pronto vibró la casa entera como al empuje de un huracán. La maciza rueda no era más que una sombra vaga, semejante al ala de un colibrí en suspensión, y el aire desplazado por ella provocaba un torbellino dentro del cuarto.

El descubridor suspendió muy luego los efectos de su aparato, pues ningún eje habría aguantado mucho tiempo semejante trabajo.

Mirábamos suspensos, con una mezcla de admiración y pavor, trocada muy luego en desmedida curiosidad.

El médico quiso repetir el experimento; pero por más que abocó la cajita hacia el volante, nada consiguió. Yo intenté lo propio con igual desventura.

Creíamos ya en una broma de nuestro amigo, cuando éste dijo, poniéndose tan grave que casi daba en siniestro:

-Es que aquí está el misterio de mi fuerza. Nadie, sino yo, puede usarla. Y yo mismo no sé cómo sucede. Defino, sí, lo que pasa por mí como una facultad análoga a la puntería. Sin verlo, sin percibirlo en ninguna forma material, yo sé donde está el centro del cuerpo que deseo desintegrar, y en la misma forma proyecto mi éter contra el volante. Prueben ustedes cuanto quieran. Quizá al fin...

Todo fue en vano. La onda etérea se dispersaba inútil. En cambio, bajo la dirección de su amo, llamémosle así, ejecutó prodigios.

Un adoquín que calzaba la puerta rebelde se desintegró a nuestra vista, convirtiéndose con leve sacudida en un montón de polvo impalpable. Varios trozos de hierro sufrieron la misma suerte. Y resultaba en verdad de un efecto mágico aquella transformación de la materia, sin un esfuerzo perceptible, sin un ruido, como no fuera la leve estridencia que cualquier rumor ahogaba.

El médico, entusiasmado, quería escribir un artículo.

-No -dijo nuestro amigo-; detesto la notoriedad, aunque no he podido evitarla del todo, pues los vecinos comienzan a enterarse. Además, temo los daños que puede causar esto...

-En efecto --lije-; como arma sería espantoso.

-¿No lo has ensayado sobre algún animal? -preguntó el médico.

-Ya sabes-respondió nuestro amigo con grave mansedumbre- que jamás causo dolor a ningún ser viviente.

Y con esto terminó la sesión.

Los días siguientes trascurrieron entre maravillas; y recuerdo como particularmente notable la desintegración de un vaso de agua, que desapareció de súbito cubriendo de rocío toda la habitación.

-El vaso permanece -explica el sabio- porque no forma un bloque con el agua, a causa de que no hay entre ésta y el cristal adherencia perfecta. Lo mismo sucedería si estuviera herméticamente cerrado. El líquido, convertido en partículas etéreas, sería proyectado a través de los poros del cristal...

Así marchamos de asombro en asombro; mas el secreto no podía prolongarse, y es imposible valorar lo que se perdió en el triste suceso cuyo relato finalizará esta historia.

Lo cierto es -para qué entretenerse en cosas tristes- que una de esas mañanas encontramos a nuestro amigo, muerto, con la cabeza recostada en el respaldo de su silla.

Fácil es imaginar nuestra consternación. El aparato maravilloso estaba ante él y nada anormal se notaba en el laboratorio.

Mirábamos sorprendidos, sin conjeturar ni lejanamente la causa de aquel desastre, cuando noté de pronto que la pared a la cual casi tocaba la cabeza del muerto se hallaba cubierta de una capa grasosa, una especie de manteca.

Casi al mismo tiempo mi compañero lo advirtió también, y raspando con su dedo sobre aquella mixtura, exclamó sorprendido:

-¡Esto es sustancia cerebral!

La autopsia confirmó su dicho, certificando una nueva maravilla del portentoso aparato. Efectivamente, la cabeza de nuestro pobre amigo estaba vacía, sin un átomo de sesos. El proyectil etéreo, quién sabe por qué rareza de dirección o por qué descuido, habíale desintegrado el cerebro, proyectándolo en explosión atómica a través de los poros de su cráneo. Ni un rastro exterior denunciaba la catástrofe, y aquel fenómeno, con todo su horror, era, a fe mía, el más estupendo de cuantos habíamos presenciado.

Sobre mi mesa de trabajo, aquí mismo, en tanto que finalizo esta historia, el aparato en cuestión brilla, diríase siniestramente, al alcance de mi mano.

Funciona perfectamente; pero el éter formidable, la sustancia prodigiosa y homicida de la cual tengo, ¡ay!, tan desgraciada prueba, se pierde sin rumbo en el espacio, a pesar de todas mis vanas tentativas. En el instituto Lutz y Schultz han ensayado también sin éxito.

LOS CABALLOS DE ABDERA

Abdera, la ciudad tracia del Egeo, que actualmente es Balastra y que no debe ser confundida con su tocaya bética, era célebre por sus caballos.

Descollar en Tracia por sus caballos no era poco; y ella descollaba hasta ser única. Los habitantes todos tenían a gala la educación de tan noble animal; y esta pasión cultivada a porfía durante largos años había producido efectos maravillosos. Los caballos de Abdera gozaban de fama excepcional, y todas las poblaciones tracias, desde los cicones hasta los bisaltos, eran tributarios en esto de los bistones, pobladores de la mencionada ciudad. Debe añadirse que semejante industria, uniendo el provecho a la satisfacción, ocupaba desde el rey hasta el último ciudadano.

Estas circunstancias habían contribuido también a intimar las relaciones entre el bruto y sus dueños, mucho más de lo que era y es ha-bitual para el resto de las naciones, llegando a considerarse las caballerizas como un ensanche del hogar, y extremándose las naturales exageraciones de toda pasión, hasta admitir caballos en la mesa.

Eran verdaderamente notables corceles, pero bestias al fin. Otros dormían en cobertores de biso: algunos pesebres tenían frescos sencillos, pues no pocos veterinarios sostenían el gusto artístico de la raza caballar, y el cementerio equino ostentaba entre pompas burguesas, ciertamente recargadas, dos o tres obras maestras. El templo más hermoso de la ciudad estaba consagrado a Arión, el caballo que Neptuno hizo salir de la tierra con un golpe de su tridente; y creo que la moda de rematar las proas en cabezas de caballo tenga igual provenencia; siendo seguro, en todo caso, que los bajos relieves hípicos fueron el ornamento más común de toda aquella arquitectura. El monarca era quien se mostraba más decidido por los corceles, llegando hasta tolerar a los suyos verdaderos crímenes que los volvieron singularmente bravíos; de tal modo que los nombres de Podargos y de Lampón figuraban en fábulas sombrías; pues es del caso decir que los caballos tenían nombres como personas.

Tan amaestrados estaban aquellos animales, que las bridas eran innecesarias; conservándolas únicamente como adornos, muy apreciados desde luego por los mismos caballos. La palabra era el medio usual de comunicación con ellos; y observándose que la libertad favorecía el desarrollo de sus buenas condiciones, dejábanlos todo el tiempo no requerido por la albarda o el arnés, en libertad de cruzar a sus anchas las magníficas praderas formadas en el suburbio, a la orilla del Kossínites, para su recreo y alimentación.

A son de trompa los convocaban cuando era menester, y así para el trabajo como para el pienso eran exactísimos. Rayaba en lo increíble su habilidad para toda clase de juegos de circo y hasta de salón, su bravura en los combates, su discreción en las ceremonias solemnes. Así, el hipódromo de Abdera tanto como sus compañías de volatines; su caballería acorazada de bronce y sus sepelios habían alcanzado tal renombre, que de todas partes acudía gente a admirarlos: mérito compartido por igual entre domadores y corceles.

Aquella educación persistente, aquel forzado despliegue de condiciones, y para decirlo todo en una palabra, aquella *humanización* de la raza equina, iban engendrando un fenómeno que los bistones festejaban como otra gloria nacional: la inteligencia de los caballos comenzaba a desarrollarse pareja con su conciencia, produciendo casos anormales que daban pábulo al comentario general.

Una yegua había exigido espejos en su pesebre, arrancándolos con los dientes de la propia alcoba patronal y destruyendo a coces los de tres paineles cuando no le hicieron el gusto. Concedido el capricho daba muestras de coquetería perfectamente visible.

Balios, el más bello potro de la comarca, un blanco elegante y sentimental que tenía dos campañas militares y manifestaba regocijo ante el recitado de hexámetros heroicos, acababa de morir de amor por una dama. Era la mujer de un general, dueño del enamorado bruto, y por cierto no ocultaba el suceso. Hasta se creía que halagaba su vanidad, siendo esto muy natural por otra parte en la ecuestre metrópoli.

Señalábase igualmente casos de infanticidio, que aumentando en forma alarmante, fue necesario corregir con la presencia de viejas mulas adoptivas; un gusto creciente por el pescado y por el cáñamo cuyas plantaciones saqueaban los animales; y varias rebeliones aisladas que hubo de corregirse, siendo insuficiente el látigo, por medio del hierro candente. Esto último fue en aumento, pues el instinto de rebelión progresaba a pesar de todo.

Los bistones, más encantados cada vez con sus caballos, no paraban mientes en eso. Otros hechos más significativos produjéronse de allí a poco. Dos o tres atalajes habían hecho causa común contra un carretero que azotaba su yegua rebelde. Los caballos resistíanse cada vez más al enganche y al yugo, de tal modo que empezó a preferirse el asno. Había animales que no aceptaban determinado apero; mas como pertenecían a los ricos, se difería a su rebelión comentándola mimosamente a título de capricho.

Un día los caballos no vinieron al son de la trompa, y fue menester constreñirlos por la fuerza, pero los subsiguientes, no se reprodujo la rebelión.

Al fin ésta ocurrió cierta vez que la marea cubrió la playa de pescado muerto como solía suceder. Los caballos se hartaron de eso, y se los vio regresar al campo suburbano con lentitud sombría.

Medianoche era cuando estalló el singular conflicto.

De pronto un trueno sordo y persistente conmovió el ámbito de la ciudad. Era que todos los caballos se habían puesto en movimiento a la vez para asaltarla; pero esto se supo luego, inadvertido al principio en la sombra de la noche y la sorpresa de lo inesperado.

Como las praderas de pastoreo quedaban entre las murallas, nada pudo contener la agresión; y añadido a esto el conocimiento minucioso que los animales tenían de los domicilios, ambas cosas acrecentaron la catástrofe.

Noche memorable entre todas, sus horrores sólo aparecieron cuando el día vino a ponerlos en evidencia, multiplicándolas aun.

Las puertas reventadas a coces yacían por el suelo, dando paso a feroces manadas que se sucedían casi sin interrupción. Había corrido sangre, pues no pocos vecinos cayeron aplastados bajo el casco y los dientes de la banda en cuyas filas causaron estragos también las armas humanas.

Conmovida de tropeles, la ciudad oscurecíase con la polvareda que engendraban; y un extraño tumulto formado por gritos de cólera o de dolor, relinchos variados como palabras a los cuales mezclábase uno que otro doloroso rebuzno, y estampidos de coces sobre las puertas atacadas, unía su espanto al pavor visible de la catástrofe. Una especie de terremoto incesante hacía vibrar el suelo con el trote de la masa rebelde, exaltado a ratos como en ráfaga huracanada por frenéticos tropeles sin dirección y sin objeto; pues habiendo saqueado todos los plantíos de cáñamo, y hasta algunas bodegas que codiciaban aquellos corceles pervertidos por los refinamientos de la mesa, grupos de animales ebrios aceleraban la obra de destrucción. Y por el lado del mar era imposible huir. Los caballos, conociendo la misión de las naves, cerraban el acceso del puerto.

Sólo la fortaleza permanecía incólume y empezábase a organizar en ella la resistencia. Por lo pronto cubríase de dardos a todo caballo que cruzaba por allá; y cuando caía cerca, era arrastrado al interior como vitualla.

Entre los vecinos refugiados circulaban los más extraños rumores. El primer ataque no fue sino un saqueo. Derribadas las puertas, las manadas introducíanse en las habitaciones, atentas sólo a las colgaduras suntuosas con que intentaban revestirse, a las joyas y objetos brillantes. La oposición a sus designios fue lo que suscitó su furia.

Otros hablaban de monstruosos amores, de mujeres asaltadas y aplastadas en sus propios lechos con ímpetu bestial; y hasta se señalaba una noble doncella que sollozando narraba entre dos crisis su percance: el despertar en la alcoba a la media luz de la lámpara, rozados sus labios por la innoble jeta de un potro negro que respingaba de placer el belfo enseñando su dentadura asquerosa; su grito de pavor ante aquella bestia convertida en fiera, con el resplandor humano y malévolo de sus ojos incendiados de lubricidad; el mar de sangre con que la inundara al caer atravesado por la espada de un servidor...

Mencionábanse varios asesinatos en que las yeguas se habían divertido con saña femenil, despachurrando a mordiscos las víctimas. Los asnos habían sido exterminados, y las mulas sublev0ronse también, pero con torpeza inconsciente, destruyendo por destruir, y particularmente encarnizadas contra los perros.

El tronar de las carreras locas seguía estremeciendo la ciudad, y el fragor de los derrumbes iba aumentando. Era urgente organizar una salida, por más que el número y la fuerza de los asaltantes la hiciera singularmente peligrosa, si no se quería abandonar la ciudad a la más insensata destrucción.

Los hombres empezaron a armarse; mas, pasado el primer momento de licencia, los caballos habíanse decidido a atacar también.

Un brusco silencio precedió al asalto. Desde la fortaleza distinguían el terrible ejército que se congregaba, no sin trabajo, en el hipódromo. Aquello tardó varias horas, pues cuando todo parecía dispuesto, súbitos corcovos y agudísimos relinchos cuya causa era imposible discernir, desordenaban profundamente las filas.

El sol declinaba ya, cuando se produjo la primera carga. No fue, si se permite la frase, más que una demostración, pues los animales limitáronse a pasar corriendo frente a la fortaleza. En cambio, quedaron acribillados por las saetas de los defensores.

Desde el más remoto extremo de la ciudad lanzáronse otra vez, y su choque contra las defensas fue formidable. La fortaleza retumbó entera bajo aquella tempestad de los cascos, y sus recias murallas dóricas quedaron, a decir verdad, profundamente trabajadas.

Sobrevino un rechazo, al cual sucedió muy luego un nuevo ataque.

Los que demolían eran caballos y mulos herrados que caían a docenas; pero sus filas cerrábanse con encarnizamiento furioso, sin que la masa pareciera disminuir. Lo peor era que algunos habían conseguido vestir sus bardas de combate en cuya malla de acero se embotaban los dardos. Otros llevaban jirones de tela vistosa, otros collares; y pueriles en su mismo furor, ensayaban inesperados retozos.

Desde las murallas los conocían. ¡Dinos, Aethon, Ameteo, Xanthos! Y ellos saludaban, relinchaban gozosamente, enarcaban la cola, cargando en seguida con fogosos respingos. Uno, un jefe ciertamente, irguióse sobre sus corvejones, caminó así un trecho manoteando gallardamente al aire como si danzara un marcial balisteo, contorneando el cuello con serpentina elegancia, hasta que un dardo se le clavó en medio del pecho...

Entretanto, el ataque iba triunfando. Las murallas empezaban a ceder.

Súbitamente una alarma paralizó a las bestias. Una sobre otras, apoyándose en ancas y lomos, alargaron sus cuellos hacia la alameda que bordeaba la margen del Kossínites; y los defensores volviéndose hacia la misma dirección, contemplaron un tremendo espectáculo.

Dominando la arboleda negra, espantosa sobre el cielo de la tarde, una colosal cabeza de león miraba hacia la ciudad. Era una de esas fieras antediluvianas cuyos ejemplares, cada vez más raros, devastaban de tiempo en tiempo los montes Ródopes. Mas nunca se había visto nada tan monstruoso, pues aquella cabeza dominaba los más altos árboles, mezclando a las hojas teñidas de crepúsculo las greñas de su melena.

Brillaban claramente sus enormes colmillos, percibíanse sus ojos fruncidos ante la luz, llegaba en el hálito de la brisa su olor bravío. Inmóvil entre la palpitación del follaje, herrumbrada por el sol casi hasta dorarse su gigantesca crin, alzábase ante el horizonte como uno de esos bloques en que el pelasgo, contemporáneo de las montañas, esculpió sus bárbaras divinidades.

Y de repente empezó a andar, lento como el océano. Oíase el rumor de la fronda que su pecho apartaba, su aliento de fragua que iba sin duda a estremecer la ciudad cambiándose en rugido.

A pesar de su fuerza prodigiosa y de su número, los caballos sublevados no resistieron semejante aproximación. Un solo ímpetu los arrastró por la playa, en dirección a la Macedonia, levantando un verdadero huracán de arena y de espuma, pues no pocos disparábanse a través de las olas.

En la fortaleza reinaba el pánico. ¿Qué podrían contra semejante enemigo? ¿Qué gozne de bronce resistiría a sus mandíbulas? ¿Qué muro a sus garras...?

Comenzaban ya a preferir el pasado riesgo (al fin era una lucha contra bestias civilizadas) sin aliento ni para enflechar sus arcos, cuando el monstruo salió de la alameda.

No fue un rugido lo que brotó de sus fauces, sino un grito de guerra humano: el bélico *¡alalé!* de los combates, al que respondieron con regocijo triunfal los *hoyohei y los hoyotohó* de la fortaleza.

¡Glorioso prodigio!

Bajo la cabeza del felino, irradiaba luz superior el rostro de un numen; y mezclados soberbiamente con la flava piel, resaltaban su pecho marmóreo, sus brazos de encina, sus muslos estupendos.

Y un grito, un solo grito de libertad, de reconocimiento, de orgullo, llenó la tarde: -¡Hércules, es Hércules que llega!

YZUR

Compré el mono en el remate de un circo que había quebrado.

La primera vez que se me ocurrió tentar la experiencia a cuyo relato están dedicadas estas líneas fue una tarde, leyendo no sé dónde que los naturales de Java atribuían la falta de lenguaje articulado en los monos a la abstención, no a la incapacidad. "No hablan, decían, para que no los hagan trabajar".

Semejante idea, nada profunda al principio, acabó por preocuparme hasta convertirse en este postulado antropológico: los monos fueron hombres que por una u otra razón dejaron de hablar. El hecho produjo la atrofia de sus órganos de fonación y de los centros cerebrales del lenguaje; debilitó casi hasta suprimirla la relación entre unos y otros, el idioma de la especie en el grito inarticulado, y el humano primitivo descendió a ser animal.

Claro está que si llegara a demostrarse esto quedarían explicadas desde luego todas las anomalías que hacen del mono un ser tan singular; pero ello no tendría sino una demostración posible: volver el mono al lenguaje.

Entre tanto había corrido el mundo con el mío, vinculándolo cada vez más por medio de peripecias y aventuras. En Europa llamó la atención, y, de haberlo querido, llego a darle la celebridad de un *Cónsul* pero mi seriedad de hombre de negocios mal se avenía con tales payasadas.

Trabajado por mi idea fija del lenguaje de los monos, agoté toda la bibliografia concerniente al problema, sin ningún resultado apreciable. Sabía únicamente, con entera seguridad, *que no hay ninguna razón científica para que el mono no hable*. Esto llevaba cinco años de meditaciones.

Yzur (nombre cuyo origen nunca pude descubrir, pues lo ignoraba igualmente su anterior patrón), Yzur era ciertamente un animal notable. La educación del circo, bien que reducida casi enteramente al mimetismo, había desarrollado mucho sus facultades; y esto era lo que me incitaba más a ensayar sobre él mi en apariencia disparatada teoría.

Por otra parte, sábese que el chimpancé (Yzur lo era) es entre los monos el mejor provisto de cerebro y uno de los más dóciles, lo cual aumentaba mis probabilidades. Cada vez que lo veía avanzar en dos pies, con las manos a la espalda para conservar el equilibrio, y su aspecto de marinero borracho, la convicción de su humanidad detenida se vigorizaba en mí.

No hay a la verdad razón alguna para que el mono no articule absolutamente. Su lenguaje natural, es decir, el conjunto de gritos con que se comunica a sus semejantes, es asaz variado; su laringe, por más distinta que resulte de la humana, nunca lo es tanto como la del loro, que habla, sin embargo; y en cuanto a su cerebro, fuera de que la comparación con el de este último animal desvanece toda duda, basta recordar que el del idiota es también rudimentario, a pesar de lo cual hay cretinos que pronuncian algunas palabras. Por lo que hace a la circunvolución de Broca, depende, es claro, del desarrollo total del cerebro, fuera de que no está probado que ella sea *fatalmente* el sitio de localización del lenguaje. Si es el caso de localización mejor establecido en anatomía, los hechos contradictorios son desde luego incontestables.

Felizmente, los monos tienen, entre sus muchas malas condiciones, el gusto por aprender, como lo demuestra su tendencia imitativa; la memoria feliz, la reflexión que llega hasta una profunda facultad de disimulo, y la atención comparativamente más desarrollada que en el niño. Es, pues, un sujeto pedagógico de los más favorables.

El mío era joven además, y es sabido que la juventud constituye la época más intelectual del mono, parecido en esto al negro. La dificultad estribaba solamente en el método que emplearía para comunicarle la palabra.

Conocía todas las infructuosas tentativas de mis antecesores; y está de más decir que, ante la competencia de algunos de ellos y la nulidad de todos sus esfuerzos, mis propósitos fallaron más de una vez; cuando el tanto pensar sobre aquel tema fue llevándome a esta conclusión:

Lo primero consiste en desarrollar el aparato de fonación del mono.

Así es, en efecto, como se procede con los sordomudos antes de llevarlos a la articulación; y no bien hube reflexionado sobre esto, cuando las analogías entre el sordomudo y el mono se agolparon en mi espíritu.

Primero de todo, su extraordinaria movilidad mímica que compensa al lenguaje articulado, demostrando que no por dejar de hablar se deja de pensar, así haya disminución de esta facultad por la paralización de aquélla. Después, otros caracteres más peculiares por ser más específicos: la diligencia en el trabajo, la fidelidad, el coraje, aumentados hasta la certidumbre por estas dos condiciones cuya comunidad es verdaderamente reveladora: la facilidad para los ejercicios de equilibrio y la resistencia al mareo.

Decidí, entonces, empezar mi obra con una verdadera gimnasia de los labios y de la lengua de mi mono, tratándolo en esto como a un sordomudo. En lo restante, me favorecería el oído para establecer comunicaciones directas de palabra, sin necesidad de apelar al tacto. El lector verá que en esta parte prejuzgaba con demasiado optimismo.

Felizmente, el chimpancé es de todos los grandes monos el que tiene labios más movibles; y en el caso particular, habiendo padecido Yzur de anginas, sabía abrir la boca para que se la examinaran.

La primera inspección confirmó en parte mis sospechas. La lengua permanecía en el fondo de su boca, como una masa inerte, sin otros movimientos que los de la deglución. La gimnasia produjo luego su efecto pues a los dos meses ya sabía sacar la lengua para burlar. Esta fue la primera relación que conoció entre el movimiento de su lengua y una idea; una relación perfectamente acorde con su naturaleza, por otra parte.

Los labios dieron más trabajo, pues hasta hubo que estirárselos con pinzas; pero apreciaba -quizá por mi expresión- la importancia de aquella tarea anómala y la acometía con viveza. Mientras yo practicaba los movimientos labiales que debía imitar, permanecía sentado, rascándose la grupa con su brazo vuelto hacia atrás y guiñando en una concentración dubitativa, o alisándose las patillas con todo el aire de un hombre que armoniza sus ideas por medio de ademanes rítmicos. Al fin aprendió a mover los labios.

Pero el ejercicio del lenguaje es un arte difícil, como lo prueban los largos balbuceos del niño, que lo llevan, paralelamente con su desarrollo intelectual, a la adquisición del hábito. Está demostrado, en efecto, que el centro propio de las inervaciones vocales se halla asociado con el de la palabra en forma tal, que el desarrollo normal de ambos depende de su ejercicio armónico; y esto ya lo había presentido en 1785 Heinicke, el inventor del método oral para la enseñanza de los sordomudos, como una consecuencia filosófica. Hablaba de una "concatenación dinámica de las ideas", frase cuya profunda claridad honraría a más de un psicólogo *contemporáneo.*

Yzur se *encontraba, respecto* al lenguaje, en la misma situación del niño que antes de hablar entiende ya muchas palabras; pero era mucho más apto para asociar los juicios que debía poseer sobre las cosas, por su mayor experiencia de la vida.

Estos juicios, que no debían ser sólo de impresión, sino también inquisitivos y disquisitivos, a juzgar por el carácter diferencial que asumían, lo cual supone un raciocinio abstracto, le daban un grado superior de inteligencia muy favorable por cierto a mi propósito.

Si mis teorías parecen demasiado audaces, basta con reflexionar que el silogismo, o sea, el argumento lógico fundamental, no es extraño a la mente de muchos animales. Como que el silogismo es originariamente una comparación entre dos sensaciones. Si no, ¿por qué los animales que conocen al hombre huyen de él, y no aquellos que nunca lo conocieron...?

Comencé, entonces, la educación fonética de Yzur.

Tratábase de enseñarle primero la palabra mecánica, para llevarlo progresivamente a la palabra sensata.

Poseyendo el mono la voz, es decir, llevando esto de ventaja al sordomudo, con más ciertas articulaciones rudimentarias, tratábase de enseñarle las modificaciones de aquélla, que constituyen los fonemas y su articulación, llamada por los maestros estática o dinámica, según que se refiera a las vocales o a las consonantes.

Dada la glotonería del mono, y siguiendo en esto un método empleado por Heinicke con los sordomudos, decidí asociar cada vocal con una golosina: *a* con papa; *e* con leche; *i* con vino; *o* con coco; *u* con azúcar, haciendo de modo que la vocal estuviese contenida en el nombre de la golosina, ora con dominio único y repetido como en *papa*, coco, *leche*, ora reuniendo los dos acentos, tónico y prosódico, es decir, como sonido fundamental: *vino, azúcar*.

Todo anduvo bien mientras se trató de vocales, o sea, los sonidos que se forman con la boca abierta. Yzur los aprendió en quince días. La u fue lo que más le costó pronunciar

Las consonantes diéronme un trabajo endemoniado; y a poco hube de comprender que nunca llegaría a pronunciar aquellas en cuya formación entran los dientes y las encías. Sus largos colmillos le estorbaban enteramente.

El vocabulario quedaba reducido, entonces, a las cinco vocales; la b, la k, la *m*, la g, la *f* y la c, es decir, todas aquellas consonantes en cuya formación no intervienen sino el paladar y la lengua.

Aun para esto no me bastó el oído. Hube de recurrir al tacto como con un sordomudo, apoyando su mano en mi pecho y luego en el suyo para que sintiera las vibraciones del sonido.

Y pasaron tres años sin conseguir que formara palabra alguna. Tendía a dar a las cosas, como nombre propio, el de la letra cuyo sonido predominaba en ellas. Esto era todo.

En el circo había aprendido a ladrar, como los perros, sus compañeros de tareas; y cuando me veía desesperar ante las vanas tentativas para arrancarle la palabra, ladraba fuertemente como dándome todo lo que sabía. Pronunciaba aisladamente las vocales y consonantes, pero no podía asociarlas. Cuando más, acertaba con una repetición vertiginosa de *pes* y de *emes*.

Por despacio que fuera, se había operado un gran cambio en su carácter. Tenía menos movilidad en las facciones, la mirada más profunda, y adoptaba posturas meditabundas. Había adquirido, por ejemplo, la costumbre de contemplar las estrellas. Su sensibilidad se desarrollaba igualmente; ibasele notando una gran facilidad de lágrimas.

Las lecciones continuaban con inquebrantable tesón, aunque sin mayor éxito. Aquello había llegado a convertirse en una obsesión dolorosa, y poco a poco sentíame inclinado a emplear la fuerza. Mi carácter iba agriándose con el fracaso, hasta asumir una sorda animosidad contra Yzur. Éste se intelectualizaba, más, en el fondo de su mutismo rebelde, y empezaba a convencerme de que nunca lo sacaría de allí; cuando supe de golpe que no hablaba porque no quería.

El cocinero, horrorizado, vino a decirme una noche que había sorprendido al mono "hablando verdaderas palabras". Estaba, según su narración, acurrucado junto a una higuera de la huerta; pero el terror le impedía recordar lo esencial de esto, es decir, las palabras. Sólo creía retener dos: *cama y pipa*. Casi le doy de puntapiés por su imbecilidad.

No necesito decir que pasé la noche poseído de una gran emoción; y lo que en tres años no había cometido, el error que todo lo echó a perder, provino del enervamiento de aquel desvelo, tanto como de mi excesiva curiosidad.

En vez de dejar que el mono llegara naturalmente a la manifestación del lenguaje, llamélo al día siguiente y procuré imponérsela por obediencia.

No conseguí sino las *pes y* las *emes* con que me tenía harto, las guiñadas hipócritas y -Dios me perdone- una cierta vislumbre de ironía en la azogada ubicuidad de sus muecas.

Me encolericé, y sin consideración alguna le di de azotes. Lo único que logré fue su llanto y un silencio absoluto que excluía hasta los gemidos.

A los tres días cayó enfermo, en una especie de sombría demencia complicada con síntomas de meningitis. Sanguijuelas, afusiones frías, purgantes, revulsivos cutáneos, alcoholaturo de briona, bromuro: toda la terapéutica del espantoso mal le fue aplicada. Luché con desesperado brío, a impulsos de un remordimiento y de un temor. Aquél por creer a la bestia una víctima de mi crueldad; éste por la suerte del secreto que quizá se llevaba a la tumba.

Mejoró al cabo de mucho tiempo, quedando, no obstante, tan débil, que no podía moverse de la cama. La proximidad de la muerte habíalo ennoblecido y humanizado. Sus ojos, llenos de gratitud, no se separaban de mí, siguiéndome por toda la habitación como dos bolas giratorias, aunque estuviese detrás de él; su mano buscaba las mías en una intimidad de convalecencia. En mi gran soledad, iba adquiriendo rápidamente la importancia de una persona.

El demonio del análisis, que no es sino una forma del espíritu de perversidad, impulsábame, sin embargo, a renovar mis experiencias. En realidad, el mono había hablado. Aquello no podía quedar así.

Comencé muy despacio, pidiéndole las letras que sabía pronunciar. ¡Nada! Dejélo solo durante horas, espiándolo por un agujerillo del tabique. ¡Nada! Habléle con oraciones breves, procurando tocar su fidelidad o su glotonería. ¡Nada! Cuando aquellas eran patéticas, los ojos se le hinchaban de llanto. Cuando le decía una frase habitual, como el "yo soy tu amo" con que empezaba todas mis lecciones, o el "tú eres mi mono" con que completaba mi anterior afirmación, para llevar a su espíritu la certidumbre de una verdad total, él asentía cerrando los párpados; pero no producía un sonido, ni siquiera llegaba a mover los labios.

Había vuelto a la gesticulación como único medio de comunicarse conmigo; y este detalle, unido a sus analogías con los sordomudos, re-doblaba mis precauciones, pues nadie ignora la gran predisposición de estos últimos a las enfermedades mentales. Por momentos deseaba que se volviera loco, a ver si el delirio rompía al fin su silencio.

Su convalecencia seguía estacionaria. La misma flacura, la misma tristeza. Era evidente que estaba enfermo de inteligencia y de dolor. Su unidad orgánica hablase roto al impulso de una cerebración anormal, y día más, día menos, aquel era caso perdido.

Más, a pesar de la mansedumbre que el progreso de la enfermedad aumentaba en él, su silencio, aquel desesperante silencio provocado por mi exasperación, no cedía. Desde un oscuro fondo de tradición petrificada en instinto, la raza imponía su milenario mutismo al animal, fortaleciéndose de voluntad atávica en las raíces mismas de su ser. Los antiguos hombres de la selva, que forzó al silencio, es decir, al suicidio intelectual, quién sabe qué bárbara injusticia, mantenían su secreto formado por misterios de bosque y abismos de prehistoria, en aquella decisión ya inconsciente, pero formidable con la inmensidad de su tiempo.

Infortunios del antropoide retrasado en la evolución cuya delantera tomaba el humano con un despotismo de sombría barbarie, habían, sin duda, destronado a las grandes familias cuadrumanas del dominio arbóreo de sus primitivos edenes, raleando sus filas, cautivando sus hembras para organizar la esclavitud desde el propio vientre materno, hasta infundir a su impotencia de vencidas el acto de dignidad mortal que las llevaba a romper con el enemigo el vínculo superior también, pero infausto de la palabra, refugiándose como salvación suprema en la noche de la animalidad. Y qué horrores, qué estupendas sevicias no habrían cometido los vencedores con la semibestia en trance de evolución para que ésta, después de haber gustado el encanto intelectual que es el fruto paradisíaco de las biblias, se resignara a aquella claudicación de su estirpe en la degradante igualdad de los inferiores; aquel retroceso que cristalizaba por siempre su inteligencia en los gestos de un automatismo de acróbata; a aquella gran cobardía de la vida que encorvaría eternamente, como en distintivo bestial, sus espaldas de dominado, imprimiéndole ese melancólico azoramiento que permanece en el fondo de su caricatura.

He aquí lo que al borde mismo del éxito había despertado mi malhumor en el fondo del limbo atávico. A través del millón de años, la palabra, con su conjuro, removía la antigua alma simiana; pero contra esa tentación que iba a violar las tinieblas de la animalidad protectora, la memoria ancestral, difundida en la especie bajo un instintivo horror, oponía también edad sobre edad como una muralla.

Yzur entró en agonía sin perder el conocimiento. Una dulce agonía a ojos cerrados, con respiración debil, pulso vago, quietud absoluta, que sólo interrumpía para volver de cuando en cuando hacia mí, con una desgarradora expresión de eternidad, su cara de viejo mulato triste. Y la última tarde, la tarde de su muerte, fue cuando ocurrió la cosa extraordinaria que me ha decidido a emprender esta narración.

Habíame dormitado a su cabecera, vencido por el calor y la quietud del crepúsculo que empezaba, cuando sentí de pronto que me asían por la muñeca.

Desperté sobresaltado. El mono, con los ojos muy abiertos, se moría definitivamente aquella vez, y su expresión era tan humana, que me infundió horror; pero su mano, sus ojos, me atraían con tanta elocuencia hacia él, que hube de inclinarme inmediato a su rostro; y entonces, con su último suspiro, el último suspiro que coronaba y desvanecía a la vez mi esperanza, brotaron -estoy seguro- brotaron en un murmullo (¿cómo explicar el tono de una voz que ha permanecido sin hablar diez mil siglos?) estas palabras cuya humanidad reconciliaba las especies:

-AMO, AGUA, AMO, MI AMO...

LA ESTATUA DE SAL

He aquí cómo refirió el peregrino la verdadera historia del monje Sosístrato:

-Quien no ha pasado alguna vez por el monasterio de San Sabas diga que no conoce la desolación. Imaginaos un antiquísimo edificio situado sobre el Jordán, cuyas aguas saturadas de arena amarillenta se deslizan ya casi agotadas hacia el Mar Muerto por entre bosquecillos de terebintos y manzanos de Sodoma. En toda aquella comarca no hay más que una palmera cuya copa sobrepasa los muros del monasterio. Una soledad infinita, sólo turbada de tarde en tarde por el paso de algunos nómades que trasladan sus rebaños; un silencio colosal que parece bajar de las montañas, cuya eminencia amuralla el horizonte. Cuando sopla el viento del desierto, llueve arena impalpable; cuando el viento es del lago, todas las plantas quedan cubiertas de sal. El ocaso y la aurora confúndense en una misma tristeza. Sólo aquellos que deben expiar grandes crímenes arrostran semejantes soledades. En el convento se puede oír misa y comulgar. Los monjes, que no son ya más que cinco, y todos por lo menos sexagenarios, ofrecen al peregrino una modesta colación de dátiles fritos, uvas, agua del río y algunas veces vino de palmera. Jamás salen del monasterio, aunque las tribus vecinas los respetan porque son buenos médicos. Cuando muere alguno, lo sepultan en las cuevas que hay debajo, a la orilla del río, entre las rocas. En esas cuevas anidan ahora parejas de palomas azules, amigas del convento; antes, hace ya muchos años, habitaron en ellas los primeros anacoretas, uno de los cuales fue el monje Sosístrato, cuya historia he prometido contaros. Ayúdeme Nuestra Señora del Carmelo y vosotros escuchad con atención. Lo que vais a oír me lo refirió palabra por palabra el hermano Porfirio, que ahora está sepultado en una de las cuevas de San Sabas, donde acabó su santa vida a los ochenta años en la virtud y la penitencia. Dios lo haya acogido en su gracia. Amén.

Sosístrato era un monje armenio, que había resuelto pasar su vida en la soledad con varios jóvenes compañeros suyos de vida mundana, recién convertidos a la religión del crucificado. Pertenecía, pues, a la fuerte raza de los estilistas. Después de largo vagar por el desierto, encontraron un día las cavernas de que os he hablado y se instalaron en ellas. El agua del Jordán, los frutos de una pequeña hortaliza que cultivaban en común, bastaban para llenar sus necesidades. Pasaban los días orando y meditando. De aquellas grutas surgían columnas de plegarias, que contenían con su esfuerzo la vacilante bóveda de los cielos próxima a desplomarse sobre los pecados del mundo. El sacrificio de aquellos desterrados, que ofrecían diariamente la maceración de sus carnes y la pena de sus ayunos a la justa ira de Dios, para aplacarla, evitaron muchas pestes, guerras y terremotos. Esto no lo saben los impíos que ríen con ligereza de las penitencias de los cenobitas. Y, sin embargo, los sacrificios y oraciones de los justos son las claves del techo del universo.

Al cabo de treinta años de austeridad y silencio, Sosístrato y sus compañeros habían alcanzado la santidad. El demonio, vencido, aullaba de impotencia bajo el pie de los santos monjes. Estos fueron acabando sus vidas uno tras otro, hasta que al fin Sosístrato se quedó solo. Estaba muy viejo, muy pequeñito. Se había vuelto casi transparente. Oraba arrodillado quince horas diarias, y tenía revelaciones. Dos palomas amigas traíanle cada tarde algunos granos de granada y se lo daban a comer con el pico. Nada más que de eso vivía; en cambio, olía bien como un jazminero por la tarde. Cada año, el viernes doloroso, encontraba al despertar, en la cabecera de su lecho de ramas, una copa de oro llena de vino y un pan, con cuyas especies comulgaba absorbiéndose en éxtasis inefables. Jamás se le ocurrió pensar de dónde vendría aquello, pues bien sabía que el Señor Jesús puede hacerlo. Y aguardando con unción perfecta el día de su ascensión a la bienaventuranza, continuaba soportando sus años. Desde hacía más de cincuenta, ningún caminante había pasado por allí.

Pero una mañana, mientras el monje rezaba con sus palomas, éstas, asustadas de pronto, echaron a volar abandonándolo. Un peregrino acababa de llegar a la entrada de la caverna. Sosístrato, después de saludarlo con santas palabras, lo invitó a reposar indicándole un cántaro de agua fresca. El desconocido bebió con ansia, como si estuviese anonadado de fatiga; y después de consumir un puñado de frutas secas que extrajo de su alforja, oró en compañía del monje.

Trascurrieron siete días. El caminante refirió su peregrinación desde Cesárea hasta las orillas del Mar Muerto, terminando la narración con una historia que preocupó a Sosístrato.

-He visto los cadáveres de las ciudades malditas -dijo una noche su huésped-; he mirado humear el mar como una hornalla, y he contemplado lleno de espanto a la mujer de sal, la castigada esposa de Lot. La mujer está viva, hermano mío, y yo la he escuchado gemir y la he visto sudar al sol del mediodía.

-Cosa parecida cuenta Juvencus en su tratado *De Sodoma* -dijo en voz baja Sosístrato.

-Sí, conozco el pasaje -añadió el peregrino-. Algo más definitivo hay en él todavía; y de ello resulta que la esposa de Lot ha seguido siendo fisiológicamente mujer. Yo he pensado que seria obra de caridad libertarla de su condena...

-Es la justicia de Dios -exclamó el solitario.

-¿No vino Cristo a redimir también con su sacrificio los pecados del antiguo mundo? -replicó suavemente el viajero, que parecía docto en letras sagradas-. ¿Acaso el bautismo no lava igualmente el pecado contra la Ley que el pecado contra el Evangelio...?

Después de estas palabras, ambos entregáronse al sueño. Fue aquella la última noche que pasaron juntos. Al siguiente día el desconocido partió, llevando consigo la bendición de Sosístrato; y no necesito deciros que, a pesar de sus buenas apariencias, aquel fingido peregrino era Satanás en persona.

El proyecto del maligno fue sutil. Una preocupación tenaz asaltó desde aquella noche el espíritu del santo. ¡Bautizar la estatua de sal, libertar de su suplicio aquel espíritu encadenado! La caridad lo exigía, la razón argumentaba. En esta lucha trascurrieron meses, hasta que por fin el monje tuvo una visión. Un ángel se le apareció en sueños y le ordenó ejecutar el acto.

Sosístrato oró y ayunó tres días, y en la mañana del cuarto, apoyándose en su bordón de acacia, tomó, costeando el Jordán, la senda del Mar Muerto. La jornada no era larga, pero sus piernas cansadas apenas podían sostenerlo. Así marchó durante dos días. Las fieles palomas continuaban alimentándolo como de ordinario, y él rezaba mucho, profundamente, pues aquella resolución afligíalo en extremo. Por fin, cuando sus pies iban a faltarle, las montañas se abrieron y el lago apareció.

Los esqueletos de las ciudades destruidas iban poco a poco desvaneciéndose. Algunas piedras quemadas era todo lo que restaba ya: trozos de arcos, hileras de adobes carcomidos por la sal y cimentados en betún... El monje reparó apenas en semejantes restos, que procuró evitar a fin de que sus pies no se manchasen a su contacto. De repente, todo su viejo cuerpo tembló. Acababa de advertir hacia el sur, fuera ya de los escombros, en un recodo de las montañas desde el cual apenas se los percibía, la silueta de la estatua.

Bajo su manto petrificado, que el tiempo había roído, era larga y fina como un fantasma. El sol brillaba con límpida incandescencia, calcinando las rocas, haciendo espejear la capa salobre que cubría las hojas de los terebintos. Aquellos arbustos, bajo la reverberación meridiana, parecían de plata. En el cielo no había una sola nube. Las aguas amargas dormían en su característica inmovilidad. Cuando el viento soplaba, podía escucharse en ellas, decían los peregrinos, cómo se lamentaban los espectros de las ciudades.

Sosístrato se aproximó a la estatua. El viajero había dicho verdad. Una humedad tibia cubría su rostro. Aquellos ojos blancos, aquellos labios blancos, estaban completamente inmóviles bajo la invasión de la piedra en el sueño de sus siglos. Ni un indicio de vida salía de aquella roca. El sol la quemaba con tenacidad implacable, siempre igual desde hacía miles de años; y sin embargo, ¡esa efigie estaba viva, puesto que sudaba! Semejante sueño resumía el misterio de los espantos bíblicos. La cólera de Jehová había pasado sobre aquel ser, espantosa amalgama de carne y de peñasco. ¿No era temeridad el intento de turbar ese sueño? ¿No caería el pecado de la mujer maldita sobre el insensato que procuraba redimirla? Despertar el misterio es una locura criminal, tal vez una tentación del infierno. Sosístrato, lleno de congoja, se arrodilló a orar en la sombra de un bosquecillo...

Cómo se verificó el acto, no os lo voy a decir. Sabed únicamente que, cuando el agua sacramental cayó sobre la estatua, la sal se disolvió lentamente, y a los ojos del solitario apareció una mujer, vieja como la eternidad, envuelta en andrajos terribles, de una lividez de ceniza, flaca y temblorosa, llena de siglos. El monje, que había visto al demonio sin miedo, sintió el pavor de aquella aparición. Era el pueblo réprobo lo que se levantaba en ella. ¡Esos ojos vieron la combustión de los azufres llovidos por la cólera divina sobre la ignominia de las ciudades; esos andrajos estaban tejidos con el pelo de los camellos de Lot; esos pies hollaron las cenizas del incendio del Eterno! Y la espantosa mujer le habló con su voz antigua. Ya no recordaba nada. Sólo una vaga visión del incendio, una sensación tenebrosa despertada a la vista de aquel mar. Su alma estaba vestida de confusión. Había dormido mucho, un sueño negro como el sepulcro. Sufría sin saber por qué, en aquella sumersión de pesadilla. Ese monje acababa de salvarla. Lo sentía. Era lo único claro en su visión reciente. Y el mar... el incendio... la catástrofe... las ciudades ardidas... Todo aquello se desvanecía en una clara visión de muerte. Iba a morir. Estaba salvada, pues. ¡Y era el monje quien la había visto!

Sosístrato temblaba, formidable. Una llama roja incendiaba sus pupilas. El pasado acababa de desvanecerse en él, como si el viento de fuego hubiera barrido su alma. Y sólo este convencimiento ocupaba su conciencia: *¡la mujer de Lot estaba allí!* El sol descendía hacia las montañas. Púrpuras de incendio manchaban el horizonte. Los días trágicos revivían en aquel aparato de llamaradas. Era como una resurrección del castigo, reflejándose por segunda vez sobre las aguas del lago amargo. Sosístrato acababa de retroceder en los siglos. Recordaba. Había sido actor en la catástrofe. Y esa mujer... ¡esa mujer le era conocida!

Entonces un ansia espantosa le quemó las carnes. Su lengua habló, dirigiéndose a la espectral resucitada:

-Mujer, respóndeme una sola palabra. -Habla... Pregunta... -¿Responderás?

-Sí; habla. ¡Me has salvado!

Los ojos del anacoreta brillaron, como si en ellos concentrase el resplandor que incendiaba las montañas.

Mujer, dime qué viste cuando tu rostro se volvió para mirar.

Una voz anudada de angustia le respondió: -Oh, no... Por Elohim, ¡no quieras saberlo! -¡Dime qué viste!

-No... no ¡sería el abismo!

-Yo quiero el abismo.

-Es la muerte...

-¡Dime qué viste!

-¡No puedo... no quiero!

-Yo te he salvado.

-No... no...

El sol acababa de ponerse.

-¡Habla!

La mujer se aproximó. Su voz parecía cubierta de polvo; se apagaba, se crepusculizaba, agonizando.

-¡Por las cenizas de tus padres...! -¡Habla!

Entonces aquel espectro aproximó su boca al oído del cenobita y dijo una palabra. Y Sosístrato, fulminado, anonadado, sin arrojar un grito, cayó muerto. Roguemos a Dios por su alma.

DOS ILUSTRES LUNÁTICOS O LA DIVERGENCIA UNIVERSAL

DARAMATIS PERSONAE:

H. (desconocido, al parecer escandinavo).

Q. (desconocido, al parecer español).

Andén desierto de una estación de ferrocarril, a las once de la noche. Luna llena al exterior. Silencio completo. Luz roja de semáforo a lo lejos. Bagajes confusamente amontonados por los rincones.

H. es un rubio bajo y lampiño, tirando a obeso, pero singularmente distinguido. Viste un desgarbado traje negro y sus zapatos de charol chillan mucho. Lleva un junco de puño orfebrado que hace jugar vertiginosamente entre los dedos. Fuma cigarrillos turcos que enciende uno sobre otro. Un tic le frunce a cada instante la comisura izquierda del labio y el ojo del mismo lado. Tiene las manos muy blancas; no da tres pasos sin mirarse las uñas. Camina lanzando miradas furtivas a los bagajes. De cuando en cuando vuélvese bruscamente, lanza un chillido de rata a la vacía penumbra, como si hubiese alguien allí; después prosigue su marcha, haciendo un nuevo molinete con el bastón.

Q. gallardea un talante alto y enjuto; una cara aguileña, puro hueso; hay en él algo a la vez de militar y de universitario. Su traje gris le sienta mal, es casi ridículo, pero no vulgar ni descuidado. Trátase a todas luces de una altiva miseria que se respeta. Este hace el efecto de la reserva leal, tanto como el otro causa una impresión de charlatán sospechoso. Van uno al lado del otro; pero se advierte que no conversan sino para matar el tiempo. Cuando llegue el tren, no tomarán el mismo coche. Tampoco se han visto nunca. Q. sabe que su interlocutor se llama H. porque al llegar traía en la mano una maleta con esta inicial. H. ha visto, por su parte, que el otro tiene su pañuelo marcado con una Q.

ESCENA PRIMERA

H.-Parece que hay huelga general y que el servicio está enteramente interrumpido. No correrá un solo tren durante toda la semana.

Q.-Locura es, entonces, haber venido.

H.-Más locos son los obreros que se declararon en huelga. Los pobres diablos no saben historia. Ignoran que la primera huelga general fue la retirada del pueblo romano al Monte Aventino.

Q.-Los obreros hacen bien, en luchar por el triunfo de la justicia. Dos o tres mil años no son tiempo excesivo para conquistar tanto bien. Hércules llegó al confín de la tierra, buscando el Jardín de las Hespérides. Una montaña le estorbaba el paso, y poniendo sus manos en dos cerros, le abrió, dando entrada al mar, como se abre, trozándola por los cuernos, la cabeza cocida de un carnero.

H.-Bello lenguaje; pero no ignoráis que Hércules fue un personaje fabuloso.

Q.-Para los espíritus menguados, fue siempre fábula el ideal.

H. (Volviéndose bruscamente y saludando con su junquillo la sombra.) -No sé si lo decís por mí, pero os advierto que no acostumbro comer carnero con los dedos. Vuestra metáfora me resulta un tanto brusca.

Q.-Aunque no me es desconocido el juego del tenedor en las mesas de los reyes, he gustado con más frecuencia la colación del pobre. Desde la baya del eremita al pan del trabajador, duro e ingrato como la gleba, mi paladar conoce bien el sabor de las Cuaresmas.

H.-Os aseguro que tenéis mal gusto. Por mi parte, compadezco, al desdichado, ciertamente. Quiero la igualdad, pero en la higiene, en la cultura y en el bienestar: la igualdad hacia arriba. Mientras ello resulte un imposible, me quedo en mi superioridad. ¿Para qué necesitamos nuevas cruces, si un solo Cristo asumió todas las culpas del género humano?

Q.-Es condición de la virtud indignarse ante la iniquidad, y correr a impedirla o castigarla, sin reparar en lo que ha de sobrevenir. ¡Pobre de la justicia vilipendiada, si su socorro dependiera de un razonamiento irreprochable o del desarrollo de un teorema! En cuanto a mí, no deseo ni la igualdad, ni nuevas leyes, ni mejores filosofías. Solamente no puedo ver padecer al débil. Mi corazón se subleva y pongo sin tasa al rescate de su felicidad, mi dolor y mi peligro. Poco importa que esto sea con la ley o contra la ley. La justicia es, con frecuencia, víctima de las leyes. Tampoco sabría detenerme ante el mismo absurdo. Pero cada monstruo que me abortara en fantasmagoría, cada empresa vana que consumiera mi esfuerzo, fueran a la vez incentivos para empeñarme contra la amarga realidad. ¿Por qué halláis mal que luchen a costa de su hambre estos trabajadores? ¿No es el hambre un precio de ideal como la sangre y como el llanto?

H.-Poseéis una elocuencia prestigiosa que me habría arrebatado a los veinte años, cuando creía en los pájaros y en las doncellas.

Q.-Os estimaría que no dierais alcance despectivo a vuestras palabras sobre las doncellas y los pájaros.

H.-De ningún modo. Los pájaros tienen el mismo paso *(da una corridita ornitológica sobre las puntas de los pies)* que las doncellas; y las doncellas tienen tanto seso como los pájaros. Pero vuelvo a nuestro tema. Los obreros nada lograrán con la violencia. Os advierto, entre paréntesis, que no soy propietario. Los obreros deben conformarse con las leyes; aprovechar sus franquicias, elegir sus diputados, apoderarse del Parlamento, cometer algunas extravagancias para despistar a los ricos, como volverse ministros, por ejemplo, después apretarles -crac- el tragadero... si es que no prefieren tornarse ricos a su vez. Es un sistema.

Q.-Un sistema abominable. Parecéisme, a la verdad, un tanto socialista.

H.-No lo niego; pero a mi vez os he notado un poco anarquista.

Q.-No os ocultaré mis preferencias en tal sentido. Amé siempre al paladín; y no sé por qué anhelo de justicia desatentada, por qué anómalo coraje de combatir uno solo contra huestes enteras, por qué sombría generosidad de muerte inevitable, en la misma obra de la vida que otros gozarán mejor, sin perjuicio de seguir llamando crimen a la benéfica crueldad -hallo semejanzas profundas entre los caballeros de la espada y los de la bomba. Los grandes justicieros que asumen en ellos mismos el duro lote del porvenir humano, son como esas abejas de otoño que amontonan a golpes de aguijón la comida futura de una prole que no han de ver. Matan para el bien de la vida que sienten germinar en su muerte próxima, arañas y larvas: como quien dice tiranos e inútiles, quizá inocentes, siempre detestables. Ellas carecen, entretanto, de boca; no pueden gustar siquiera una gota de miel. Sus únicos atributos son el amor y el aguijón. Su obra de porvenir finca en la muerte, que al fin es el único camino de la inmortalidad.

H.- ¿Sois espiritualista?

Q.-En efecto; ¿y vos?

H.-Materialista. Dejé de creer en el alma, cuando me volví incrédulo del amor. *(Estremécese con violencia.)*

Q.- ¿Tenéis frío?

H.-No, precisamente. Es una preocupación absurda, si queréis y me la causa aquel cofre antiguo. A la ida me parece un elefante y a la vuelta una ballena.

Q.-*(Aparte.)* Esta frase no me es desconocida. *(Alto.)* Es mi cofre de viaje. Su color *y* su forma, tienen, en efecto, algo de paquidermo.

H.-Hay cofres escandinavos que parecen cetáceos. *(Vuelve a estremecerse.)* Es singular cómo preocupan estas cosas. Estas cosas que uno adquiere en el comercio con los espectros. Notaréis que a veces, cuando voy a pronunciar tal o cual palabra, el ojo izquierdo se me mete por equivocación debajo de la nariz. Es una curiosa discordancia. El sonido de la *erre* me hace vibrar las uñas. ¿Sabéis por qué chillan tanto mis zapatos?

Q.-No, por cierto.

H. Es una moda húngara. La he adoptado para acordarme siempre de que debo poner los pies en el mismo medio de las baldosas, sin pisar jamás sus junturas. Manía que tiene, naturalmente, su nombre psicológico.

(Oyese a lo lejos el rebuzno de un asno.)

¡Ah el maldito jumento lunático! Creo que le arrancaría las orejas con gran placer, a pesar de su bondad específica.

Q. *Yo* amo a los asnos. Son pacientes y fieles. Su rebuzno distante, en las noches claras, está lleno de poesía. Uno conocí, que por cierto valía el del Evangelio.

H. ¿Cabalgasteis en asno?

Q.-Oh, no. Quien lo hacía era un criado que tuve. Hombre excelente, pero erizado de adagios como un puerco espín de púas.

H. *Yo* nunca tuve criado fiel, ni creo que los haya. Criada, sí, hay una; pero es invisible: la Perfidia.

Q.-Diréis, más bien, fiera abominable.

H. *Perfidia* es el nombre de la voluptuosidad que produce el crimen.

(Cogiendo amistosamente el brazo de su interlocutor):

Hablabais de la bomba. La bomba es necia. Pregona su crimen como una mujerzuela borracha. No es así como debe procederse.

Un día descubrís que os han torcido brutal e irremediablemente la vida. Sentís que la sangre se os cuaja de fatalidad, como se escarcha un pantano. No os queda ya más placer posible que la venganza. Ensayad, entonces, la demencia. Es el mejor salvoconducto. El loco lleva consigo la ausencia. Al desalojarlo la razón, entre a habitarlo el olvido.

(Girando con rapidez y parando en cuarta un golpe imaginario.)

No será malo que procuréis hablar con algún espectro. Frecuentad las sesiones espiritistas; es hermoso y compatible con el materialismo. Os quedará la manía de silbar vivamente cuando vayáis de noche por sitios solitarios, y cierto frío intermitente en la espina dorsal.

Pero los espectros dan buenos consejos. Conocen la filosofía de la vida. Hablan como los parientes fallecidos.

Poco a poco os vais sintiendo un tanto contradictorio. Cometéis extravagancias por el placer de cometerlas. Ya habéis visto lo que me pasa. Mis zapatos chillones y mis molinetes, son estúpidos; pero muy agradables. Son también imperativos categóricos; formas de razonar un tanto diversas. Pero el imperio de la razón es tan efectivo en ellas como en la lógica de Aristóteles.

Luego, os entra el fastidio de todo lo que ama y de todo lo que vive. Una individualidad estupenda se desarrolla en vuestro ser. Habéis comenzado rompiendo espejos o manchando tapices con los pies llenos de lodo. Luego matáis fríamente de un pistoletazo en la oreja a vuestra yegua favorita. Luego queréis algo mejor. Ya estáis a punto. Causáis, entonces, algún mal irreparable a vuestra madre o a vuestra mujer.

Q.- ¡Caballero!

H.--¡Eh, qué diablos! Dejadme concluir. Habéis de saber que yo he amado. Amé a una muchacha rubia y poética; una especie de celestial aguamarina. Dábale por el canto y por la costura; no desdeñaba los deportes; pedaleaba gallardamente en bicicleta. A la verdad, era un tanto insípida, como la perdiz sin escabeche. Pero yo la quería con una pureza tan grande, que me helaba las manos. Gustábame pasar largas horas, recostada la cara en sus rodillas, mirando el horizonte que entonces queda a nivel con nuestras pupilas. Ella doblaba gentilmente la cabeza, con una domesticidad de prima que aun no sabe. Tenía la barbilla imperiosa; los ojos llenos de un azul juvenil e ignorante, cuando se los miraba bien abiertos; pero habitualmente entornábalos soñador desdén. La nariz con un ligerísimo respingo. La boca un tanto grande, pero todavía sin el más ligero desborde de ese carmín virginal que mancha los labios sabedores del amor, como el vino a la copa en que se ha bebido. Eran quizá un poco altos y flacos sus pómulos. Peinábase muy bien, con sólo dos ondas irregulares y flojas de su rubio cabello. Llevaba siempre descubierta la nuca, exagerando su desnudez con una inclinación de lectura. Ésta era toda su coquetería. No se distinguían sus senos bajo la blusa. Sus manos y sus pies eran más bien largos. La falda *trotteuse* dejaba adivinar sus piernas delgadas y altivas de nadadora. Pues la natación constituía su encanto. La natación con peligro de la vida. Prohibiéronsela en vano. Iba al río con pretexto de coger violetas y ortigas para adornar su sombrero de sol.

Dejé de amarla cuando descubrí que pertenecía a la infame raza de las mujeres. No sé bien si murió o si se metió monja. Para ambas cosas tenía vocación. ¡Adiós, para siempre, no via mía! *(arrojando de un papirotazo su cigarrillo hasta el techo).* ¿Pero no advertís, caballero, que hablamos un idioma desusado, con pronombres solemnes, como si fuéramos hombres de otros tiempos?...

Q. No sabría yo hablar de otro modo, bien que comprenda lo pretérito de este lenguaje; mas, úrgeme refutar vuestros errores respecto de la mujer. Téngola yo por corona de los días laboriosos que uno vive en la inclemencia del destino; sus vestidos son follaje de palmera en toda peregrinación; en toda ardua empresa, su amor es el jardín de la llegada. Si esposa, es fuente tranquila donde os miráis al beber, y cuya agua está eternamente al nivel de vuestra boca. Si doncella, es íntegra llama donde pueden encenderse cuantas otras queráis, sin que por esto se aminore.

También yo amé y amo a una beldad por todo concepto extraordinario. Baste deciros que un solo aliento de su boca haría florecer en pleno invierno todos los rosales de Trebizonda. Si la mar no tuviera color, entra ella para bañarse en la mar, y volviérase ésta azul por duplicarse en firmamento para tal estrella. Su alma tiene la claridad del cristal en su pureza; el timbre en su fidelidad; el brillo en su inteligencia; la delicadeza en su sensibilidad; la naturaleza ígnea en su ternura, la apariencia de hielo en su discreción. Y no cristal como quiera, sino vaso veneciano que habría conquistado a fuerza de armas, para un altar, el Emperador de Constantinopla.

H.-Si yo conociera una mujer así, es probable que también amara.

Q.--*(Irguiéndose con jactancia.)* ¿Creéis que yo la conozca o haya conocido? Si la amo, es porque nunca ojo mortal profanó su increíble hermosura.

H.-*(Sofocando una buchada de risa.)* Os felicito, caballero. He ahí un modo de entender el amor, que no estaba en mis libros. Mi filosofa respecto a las tórtolas, es, ahora, la de un gato goloso. Dejarlas volar o comerlas. *(Mira de pronto al cielo, y notando que la luna está ya visible de aquel lado, hace una mueca desagradable.)* Ahí tenéis a la luna, el astro de los amantes líricos. ¡La luna! ¡Qué inmensa bobería! Cada uno de sus cuartos me produce una jaqueca *(increpándola):* ¡Eh, imbécil solterona, bolsa de hiel, ripio clásico, ladradero de canes, hostia de botica, cara de feto! *(Apretándose las sienes.)* ¡Uf, qué dolorazo de cabeza!

Q.-Mi alma se llena de poesía con la luna, como el agua de una alberca que fue sombría entre abetos. A ella debo mis más ilustres inspiraciones. Años llevo de contemplarla, siempre propicia a mi amor. Para mí representa la lámpara de la fidelidad.

H.-Hembra es, y como tal, bribona sin remedio.

Q.-*(Poniéndose muy grave.)* Caballero, la luna me filtra en el cerebro fermento de mil hazañas. Vuestros propósitos sobre la mujer, son ciertamente intolerables; y no más que por reduciros a la decisión de las armas, os digo que tomo a la luna por doncella desamparada, y que no permitiré a su respecto ninguna insolencia.

H.- *(Encogiéndose con un tiritamiento enfermizo.)* No desconoceréis, caballero, que os he tolerado a mi vez muchas impertinencias.

La medida está colmada. La luna es una calabaza vacía y nada más. Sé bien que quien escupe al cielo, cáele la saliva en la cara. Pero tengo la boca llena como un mamón que echa los dientes, y veo allá un cartel que dice: "Es prohibido escupir en el suelo". (¡Qué gramática!) Así, pues, oh luna, buena pieza, toma *(escupe hacia la luna)* toma *(escupe nuevamente)* toma *(escupe por tercera vez).*

Q.- *(Sacando su tarjeta.)* Mis señas, caballero.

H.- (Haciendo *lo propio.*) Caballero, las mías.

Q.- *(Mirando la cartulina con asombro.)* ¡El Príncipe Hamlet!

H.- *(Leyendo con interés.)* ¡Alonso Quijano!

ESCENA II

Don Quijote, alzando los ojos hacia su interlocutor, advierte que ha desaparecido.

Hamlet, buscando con una mirada a don Quijote, nota que ya no está.

El lector se da cuenta, a su vez de que Don Quijote y Hamlet han desaparecido.

¿Quién es ése que murió en pequeña lejana ciudad, durante el cataclismo más espantoso de la historia, sin cargo importante ni fortuna, antes empobrecido por todas las miserias de la existencia; y que, no obstante, entristeció al desaparecer, veinte naciones representadas en la ocasión por sus más bellas almas: con lo cual sonaron para lamentar como bronces dolidos, los sendos idiomas ibéricos que hablan cien millones de hombres? ¿Quién es ése más grande, así, que los reyes, porque no teniendo corona de mandar, mereció entre los pueblos los funerales de Alejandro? ¿Quién es ése que de tal modo representaba como la expansión de un nuevo helenismo? Ése no es sobre la tierra sino esta cosa de apariencia sutil y fugaz: un alma que canta. Y él mismo habíase definido de esta suerte:

Yo soy aquel que ayer no más decía
El verso azul y la canción profana,
Y en cuya noche un ruiseñor había
Que era alondra de luz por la mañana.

Como la alondra y el ruiseñor, simultáneamente encarnados en él, Rubén Darío, poeta absoluto, es un ser constituido de alas, melodía y luz. Alas que viven de volar; melodía que de callar muriera; luz que prolongado su infinitud de amor la noche de Julita, así evocada, trasmuta la plata del plenilunio en el oro de la aurora. Poeta absoluto. Nada más que poeta, sí señor. Como si dijéramos: nada más que estrella...

Estas consagraciones honran, así, a la especie humana. Un instinto superior parece que le revelara en ellas la desnudez de la verdad implícita, como al estremecerse el agua resalta su cristal en la estría pasajera. Lo que es, efectivamente, un poeta, la gente no sabría decirlo. Cuando el trajín diario la rebaja a la condición de acémila, y así pasa cargando su triste vida, furiosa de afán, resoplante bajo su saco de oro, suele creerlo inútil porque canta. En vez de alegrarse con aquel regalo de belleza cuyo objeto es conservar un poco de dignidad humana sobre la turba así embrutecida, arroja una piedra al pájaro o le reprocha con vileza los cuatro granos que come sin pagar. El rebajamiento posee un perverso instinto de rebajarlo todo, y la injusticia de la opresión torna injusta al oprimido. Entonces ocurre este fenómeno conmovedor: el pájaro herido canta todavía; porque, pena y regocijo, todo es para él un perpetuo cantar. Y un día cuando se muere, tal cual mueren los pájaros, como del aire, y entonces viene a verse cuán poco estorbaba en realidad, y que ni era para reprochárselo por lo mucho y bien que cantó, el vago asombro de la gente parece contener un remordimiento tardío. Ella desearía saber lo que es un poeta, y cómo resulta inmortal nada más que con un poco de ritmo y de rima en los cuales no se contiene una ley científica, ni un principio filosófico, ni una máxima moral, ni una prescripción politica como esas que en substanciosos frutos la prosa le madura. ¡Un poeta! ¿Qué será un poeta?

Es esto:

Por los campos antiguos en que, campo de libertad ella misma, nuestra Argentina se dilataba sin catastros ni alambres, solía el caminante extraviado meterse de noche al seno de un bosque incógnito. No había percance más temible, porque el bosque es el laberinto donde se puede andar hasta la muerte siguiendo la pista de sí mismo, el palacio abierto que no tiene salida, morada de las hadas maléficas que escamotean el rumbo en un rayo de luna, y el grito de auxilio en una vaguedad rumorosa más enorme que el mar, calabozo sin paredes, pues no hay encierro como la falta de horizonte. La única salvación era, entonces, dar con agua; no sólo porque la sed solía reinar bajo la espinosa fronda, sino porque la fuente, el jagüel, el charco, presuponen la existencia de sendas, de animales que las trazan con la frecuencia de venir, de hombres quizá. Agua y camino resultaban, pues, términos correspondientes. Y el río que los revelaba era, según la ciencia del desierto, el pájaro matinal. Bosque donde no cantaban pájaros al amanecer, estaba lejos del agua. Aquella ausencia aparentemente baladí, imprimía un horror trágico al percance. ¡Con qué ansiedad esperaba el transeúnte en peligro ese gorjeo salvador, ensimismado en la fatalidad de la noche aciaga, como enterrado ya en el silencio y en la soledad funesta que formaban con las tinieblas un bloque inconmovible hasta la eternidad, y negro, negro hasta la desesperación mientras el monte erizándose al contorno parecía retorcerle en la garganta su aspérrima amargura! ¡Ah, desolación la del alba sin trinos sobre el ramaje polvoriento que estaba como arruinándose bajo cenizas desabridas y heladas; miedo de aquella luz fatal, color de salitre; anonadamiento de condena entre la patibularia trabazón de esos leños, derrumbe de ser en las espaldas semejantes a desmoronados adobes, en las rodillas que se desencajan, en el corazón que se sume allá adentro como una piedra. Pero también qué salto de alegría en el alma, cuando al pintar la luz como una humedad celeste las ramitas extremas, y conmoverse a aquel contacto el férreo corazón de la selva todavía trágica en el terror nocturno, arrancaba el jilguero, dorándose ya con la aurora, de alto que se ponía, su canto valeroso que iba así purgando, para vaciarlo de sus estrellas, el saco de la noche, y tallando al mismo tiempo en cristalina trituración el puro diamante de la mañana, y anunciando por último al hombre triste, con la cercanía del agua bullente en el gorjeo, la seguridad, la dirección, la libertad, la salud, la vida.

El idioma, es decir el espíritu mismo hecho palabra, era en América ese perdido. Repetición vacía de una retórica, ya muerta, empecinábase en esta quimera anticientífica y antinatural: que el nuevo mundo siguiese hablando como España. Solamente para el idioma que es la más noble de las funciones humanas, no había existido emancipación. El falso purismo de la Academia, la belleza formulada en recetas de curandero, la parálisis rítmica, la indigencia de la rima, el verso blanco y la licencia poética, la abundancia declamatoria: todos esos accidentes que no son sino justificaciones de la ignorancia y autorizaciones a la mediocridad, constituían nuestro código, o mejor dicho, *códex* en materia de idioma. Imitar, imitar siempre a los clásicos inimitables, era la prescripción: es como los muertos en un mundo de vivos...

He aquí dos principios útiles en la materia. Para imitar con éxito a un artista superior, se necesita ser otro artista superior; pero cuando se es esta cosa excelente, ya no se imita a nadie: se crea. Los métodos de un artista superior, no le sirven más que a él; pues, o son inaccesibles al mediocre por la misma razón de su mediocridad, o resultan inútiles para otro artista superior, porque éste no los necesita. Y de ahí que toda forma superior del arte sea necesariamente original. Imitar, pues, a los artistas superiores, que por esto llegan a ser clásicos, resulta, precisamente, lo contrario de lo que se quiere hacer. Vivir un hombre, no es para él repetir el cuerpo de otro hombre: el cadáver, que según dijo profundamente un estoico, lleva el alma a cuestas en el transcurso de la vida; sino diferenciarse de todos los hombres, ser distinto, ser desigual. En esto consiste todo el fenómeno de la vida; y así, hasta los seres más colectivizados nos enseñan que no hay dos hojas idénticas en el mismo árbol, ni dos abejas iguales en la misma colmena.

Rubén Darío fue el anunciador de esa fuente de vida, y esto tiene ahora una prueba irrefragable: la poesía joven de España, es rama de su tronco. Así resulta el hombre significativo de un Renacimiento que interesa a cien millones de hombres, el último libertador de América, el creador de un nuevo espíritu. Sólo la premiosa superficialidad de nuestra vida nos impide ver que andamos entre prodigios, como éste de codearnos con seres que tienen el don divino de crear espíritus inmortales. La obra de arte que sobrevive a su autor y sigue con ello despertando interés, simpatía, emociones; engendrando obras análogas, suscitando vida en una palabra, es, sin duda, un ser viviente. Y cuando se incorpora al ser de una raza modificando su orientación, resulta espíritu inmortal.

Pero, ¿qué importa de positivo y general, dirá tal vez alguno, esa transformación de la poesía? Nada menos, señores, que una etapa de la civilización.

Sabemos ya por la ciencia del lenguaje y por la historia, que la evolución de los idiomas se inicia con la poesía. Así, cuando cambia la expresión poética, es que empieza a modificarse la orientación espiritual. Y esto reviste una importancia tan grande, porque la civilización no es otra cosa que el conjunto de ciertas invenciones, comunicaciones y convenios cuya expresión irreemplazable es la palabra. Falte la palabra, y todo aquello ya no existe. No hay cómo comunicarlo ni concertarlo. El hombre ha desaparecido como ser social. Por esto la palabra es el distintivo de su superioridad entre los seres. Poseer un idioma bien organizado es, pues, para los pueblos, la cosa más importante que existe; y tener poetas que lo vivifiquen y organicen progresivamente, constituye un fenómeno de la más alta civilización.

Para mayor grandeza de Rubén Darío, la expansión del castellano en las Américas predestinábalo a ser el poeta de un mundo. Por esto dije que veía en él al representante de un nuevo helenismo.

Y es maravillosa también cómo lo practicó.

Qué cosa más sencilla en sus elementos.

Todo ello consiste en dejar que la emoción poética venga con su palabra, sin reato alguno a fórmulas; y de esta suerte, que sea ella la autora de la expresión correspondiente, no la prisionera de moldes preconcebidos. Y en cuanto a la imaginación que es la otra facultad activa en el fenómeno poético, dejarla también andar como quien divaga por un vergel sin caminos, y así va y traza el suyo simplemente con ir recogiendo flores, pues en los jardines dispuestos por mano ajena, ya no hay nada que hacer, sino recrearse sin tocar ni salirse de los senderos como la urbanidad prescribe. Nadie es dueño sino de sus flores; y si no las sabe producir, no se dedique a jardinero.

Ahora, si se mira bien, aquel doble fenómeno de la nueva poesía, resulta no ser otra cosa sino el ejercicio de la libertad de imaginar y la disposición natural de las expresiones con que la emoción se manifiesta. Así todo sale bien, porque todo viene a su tiempo, cosa para lo cual basta dejarlo venir tal como va naciendo en el alma. Es exactamente lo que sucede con los colores del cielo; pues así como todos ellos existen en la masa del aire que lo constituye, y no aparecen sino cuando es debido, conforme a la naturaleza de aquél, la belleza está en el alma, cuyos diversos estados son los que la revelan. De esta suerte llegué un día a comprender el secreto del arte griego, y por qué sobrevive en su propia ruina el Partenón, y el idioma de Homero se conserva inmortal cuando hasta los dioses contemporáneos han muerto. Es que en una y otra construcción todo se dispuso como de suyo, porque todo se subordinó al sistema proporcional que es el organismo de un hombre vivo, para conseguir lo cual no hay sino un método: vivir. Verbo sublime, expresión de la síntesis arquetípica, a cuya virtud vemos confundirse en este caso el instinto genial con el supremo raciocinio.

Y aquí hay otro hecho tan significativo como aquel ya citado de la influencia de Darío en la moderna poesía española: después de él, todos cuantos fuimos juventud cuando él nos reveló la nueva vida mental, escribimos de otro modo que los de antes. Los que siguen hacen y harán lo propio. América dejó ya de hablar como España, y, en cambio, ésta adopta el verbo nuevo. El pájaro azul cantaba y detrás de él venía el sol.

Todo eso explica también las nuevas expresiones y las nuevas formas. La miseria de la literatura americana había consistido en que nos obstinábamos en hablar como España, pensando de un modo enteramente distinto. -No bien nació el poeta que restableciera la armonía vital entre pensamiento y palabra, cuando el verso, aunque contase las mismas sílabas, sonó ya de otro modo. El estilo se animó con nuevos colores. Una música más delicada y sutil coordinó los elementos verbales. El idioma poético subordinóse enteramente a la música en que consiste. De esta música emanaron, y no al revés, la emoción y la idea. Sufrió la prosa al instante la misma influencia libertadora y personal. Comprendióse que poesía y prosa, aun cuando el objeto de aquélla sea revelar la emoción y el de ésta formular la noción, están gobernadas por el ritmo. Éste no es, en suma, sino la manifestación del *tono vital* que en cada hombre rige la circulación de la vida. De esta suerte, en el acento peculiar que caracteriza su voz, tiene cada hombre su música. Por esto, cuando lo oímos sin verlo, decimos con certeza: la voz de Fulano. Hay en todo eso, como se ve, una razón profunda.

Aquellas formas nuevas no fueron todas hermosas ni aceptables. La verdad es que al calor de la lucha y al retozo de algún epigrama antiacadémico, hubo a veces alguna exageración. Pero, eso sí, aquello fue espontáneo, sobre todo en nuestro poeta. Quienes lo hemos visto trabajar, sabemos que su labor era el correr del agua feliz en la fuente generosa. Y así, para mayor gracia, la profunda revolución, que fue a la vez revelación genial, la hizo con poesías breves como el cuerpo del pájaro y la masa de la perla. ¿Pero no basta un ascua para encender todas las hogueras del mundo, un beso para torcer el curso de la vida, una sola estrella para embellecer la tarde? He oído cantar en mi sierra al pájaro llamado *rey del bosque*. Canta solo, en la serenidad vespertina, desde algún sotillo cerrado que favorece su lírica abstracción. Y con ser tan grande la dulzura del canto, su prodigiosa claridad llena toda la montaña. La delicia que infunde dilátase casi temerosa en una fragilidad de pureza extrema. Y el alma se pone tan buena, que parece que va a llorar. No hay un rizo en la inmensidad celeste. Dijérase que el silencio y la luz son una misma cosa divina. La montaña aclárase y profundízase a la vez en una transparencia de zafiro. Entonces el gorjeo del pájaro nos revela una maravilla: la montaña está encantada y el mundo se ha vuelto azul.

Azul... fue el primer libro revelador de Rubén Darío.

No entiendo, dijo, la retórica. Para las almas duras, nada hay tan difícil de entender como las cosas sencillas. Así el necio no puede ver el agua tranquila sin arrojarle una piedra. Es que no la entiende. En aquellos regocijados tiempos, nuestros clásicos de infantería ligera, que otros no conocí, declaraban con transparente astucia no entender a Verlaine, por supuesto que sin haberlo leído. Es lo que debe pensarse por consideración a su inteligencia. Con eso evitaban nombrar al monstruo, que era para ellos tanto como anonadarlo y le reprochaban en su admiración a Verlaine el consabido galicismo.

Porque claro está que ese libertador, ese griego de alma, ese creador del mucho espíritu en la poca materia, fue un hijo espiritual de Francia. Así repetíanse en él dos fenómenos por vez primera correlacionados para el máximo efecto: la renovación de la literatura española, que desde los tiempos del *Romancero* procede siempre de Francia, y las revoluciones libertadoras de América, que son también cosa francesa. No hay por ello nada más falso y más cursi que el horror académico al galicismo. Si algún país debe legítimamente influir sobre la cultura española, es el de Francia, por generoso, y por hermano. Reconocerlo es una prueba de sencillo buen gusto; negarlo, un grosero alarde para llamar la atención, violando la conocida regla en cuya virtud la verdadera elegancia consiste en no hacerse notar, o una antigualla reaccionaria. No hay obra humana de belleza o de bondad que prospere sin su grano de sal francesa. Este grano de sal es perla que ha germinado en siglos y siglos de labor, de dolor, de heroísmo, de genio, de arte, de gloria. Y por esto, porque constituye la síntesis, excelente entre todas, del espíritu humano bajo su concepto superior, a todo comunica con la misma eficacia las propiedades substanciales de la sal: la claridad, la franqueza, la sobriedad, el sabor, la sazón, la fuerza.

He aquí por qué la influencia de Darío fue superior a la de Martí, genio, héroe y mártir. Es que este último, en su propia magnificencia, escribió todavía el castellano académico. Hizo las del Cid, que es decir, cosas grandes entre las más excelsas; pero no habló como él. Pues el Campeador de las Españas cometía galicismos...

Amar a Francia es ya una obra de belleza. Gloriarse de ello ahora, es un acto de dignidad humana. Su heroico dolor ha sido la revelación de esta grandeza: que la justicia de la humanidad es la justicia de Francia. En el peligro de Francia fermenta en sangre la barbarie de Europa. Y nosotros no podemos desentendernos de ello, sin renegar nuestra propia civilización. La miserable neutralidad de los pueblos que se llaman libres, aun cuando con ella se exhiben esclavos del miedo, es una aceptación anticipada de la felonía, el terrorismo y la infamia. La esperanza, este bien supremo que ilumina la existencia del último miserable, es una flor de Francia: una intrépida amapola de sus campiñas, en cuya seda ligera palpita el hervor de hierro de la sangre de Francia. Y dijérase que en el estremecimiento de la flor, el gallo de las Galias yergue su cresta mordida.

Esto que ahora se ve tan claro, fue lo que el gran poeta nos anticipara en su anunciación de belleza. Y para que se note cómo es cierto que en todo gran poeta hay el *vate* de los antiguos, el ser profético para quien se anticipa el día en la altura de su espíritu, recordaré aquel magnífico grito de alarma, lanzado una tarde, hace veintisiete años, por Rubén Darío, quien percibió desde el Arco del Triunfo, en la sugestión clarividente de la gloria, el avance de la horda gigantesca sobre su Francia negligente y hermosa:

¡Los bárbaros, Francia. Los bárbaros, cara Lutecia!

Así, resucitando en su lengua nueva el viejo pentámetro de Roma, cual si despertara en su ser uno de aquellos latinos del siglo V, y encabritara a modo de corcel el verso para más ver la horrenda gente, ha sentido:

El viento que arrecia del lado del férreo Berlín.

Y entonces clama con precisión maravillosa:

Suspende, Bizancio, tu fiesta mortal y divina;
¡Oh Roma, suspende la fiesta divina y mortal!
Hay algo que viene como una invasión aquilina
Que aguarda temblando la curva del Arco Triunfal,
TANNHAUSER! *Resuena la estrofa marcial y argentina.*
Y verse a lo lejos la gloria de un casco imperial.

Conocí a Rubén Darío acá, en el apogeo de su gloria. Que nuestra tierra tuvo ese honor, retribuido por el gran poeta con gratitud inagotable.

Pero, gloria de artista, suele no ser más que tirante medianía en la casa de huéspedes y en el empleo subalterno que le dan por compasión. Tal fue siempre, y más bien peor con frecuencia, la situación del maestro bien amado. Y todavía enrostrábansela de vez en cuando, y nada era tan inseguro como sus propias colocaciones de la burocracia o del periodismo. Así solía recordar que *La Nación* fue la única morada cómoda para su talento; pues, como si fuera casa propia, igual se le conservaba en la ausencia. Allá hizo también algunas de sus mejores amistades. París y Buenos Aires resultábanle, según muchas veces lo repitió, las únicas ciudades donde vivía a gusto. Tenía de nuestro país una idea altísima y gloriosa. Decía que para él era algo en este mundo ser transeúnte habitual de la calle Florida.

Hallábase en el período más brillante y sonoro de su campaña intelectual. Ricardo Jaimes Freyre era su hermano de armas. *La Revista de América*, que para mayor poesía tuvo la vida de las rosas, acababa de ser el estandarte, o mejor dicho, el tirso alzado por los dos poetas, pues llevó el color de aquéllos, mientras ellos, con sus versos, pusiéronle el perfume. No obstante, escribíase con entusiasmo, discutíase con ardor, y algunos jóvenes poetas ingresaban como novicios al grupo.

Darío, que era de una excesiva timidez, prefería aquella fácil sociedad a los halagos que nuestros salones le brindaban. Aquel evocador de princesas, sentíase horriblemente cohibido ante las damas; y el protocolo hubo de sufrir en las manos del diplomático que a veces fue, fracasos monumentales. No obstante, eran perfectas su distinción, su delicadeza y su elegancia. Nunca, ni en sus peores momentos, le vi brutal o innoble. La discreción era en él lo que la suavidad callada del terciopelo. Muy perspicaz en la ironía, dejábala pasar habitualmente, bajo una sonrisa que ya era compasión. Reservadísimo en sus afectos, era enormemente fácil de explotar por los parásitos de la bolsa y del talento que abundaban siempre en torno suyo. Creo que los dejaba hacer, por no reparar en una fealdad y mancharse, así, a su contacto. Por otra parte, como todo hombre realmente superior, no daba importancia alguna a que le engañase un vil. Que esto es condición de la vileza, y fuera necio extrañar, como dice el proverbio árabe, que salga perro el hijo de perro. Su vida iniciada con terribles contrastes, en la orfandad precoz, la pasión instintiva, el ambiente ingrato, fue, bajo este concepto, muy dura con él. Padeció destierro perpetuo en el seno de la canalla. Y tal fue el estado en que arraigó la enfermedad terrible que lo ha llevado a la tumba. Errabundo por los pueblos, una fatalidad ciertamente invencible porque constituía la orientación inicial de su existencia desviada, sometíalo al poder de la chusma. Chusma de las letras, de la sociedad, del amor, a cuyo contacto padecía tormentos espantosos. Así, el vicio no es su mancha, porque no constituyó su placer, sino su martirio. Yo lo he visto combatir como un desesperado, aprovechando para ello la primer coyuntura que la amistad le brindaba. Pero la red de sus propias complicaciones, pronto volvía a reatarlo y aislarlo. El aislamiento era como un calabozo que llevaba consigo, y resultaba la causa inmediata de sus caídas.

Atribuyo en gran parte a aquel cautiverio, sin que esta suposición quite nada a su fe, respetable como ninguna, la religiosidad de Rubén Darío. Fue siempre católico, y con ello, monárquico de convicción: pues como no había menester de utilitarias conciliaciones, declaraba sin esfuerzo la evidente incompatibilidad del catolicismo con la república. Su pretendida conversión al morir, calumnia, pues, su fe de cristiano. La integridad del dogma, no ha tenido acatamiento más constante que el suyo.

No necesito añadir que, entonces, su despreocupación de la popularidad era absoluta, su desinterés de la gloria mayoritaria, alto y frío como un Ande bajo su manto azul.

Llevaba entonces barbado el rostro de cálida palidez, la cual dilatábase como soñando en la marmórea culminación de la frente. El cabello crespo y negrísimo, que nunca se infló en melena, iba regular sin compostura. Los ojos faunescos encendíanse de alegre franqueza que fácilmente oblicuaba en chispa irónica; pero su mirada era, sobre todo, fraternal. La ancha nariz, la ruda boca, repetían la máscara *verleniana*. Durante sus momentos de distracción, invadíala una placidez monacal. El talante del poeta era de una elegancia varonil. Su tronco recio, su andar reposado. Todo en él manifestaba una virilidad casi brutal, salvo las manos bellísimas que parecían de jazmín. Vestía con sobria elegancia y expresábase lo mismo. Cuando, tras ocho años de separación, vile de nuevo, la rasura que desnudaba todo el rostro parecía haberlo fundido en el bronce grave de una escultura azteca. Pero todo esto nada vale ya. Alma que canta es, con notoria frecuencia, alma que llora. Y aquél pasó la vida, llorando sin lágrimas por estética dignidad. Su triste carne humana, es lo que no importa. Su alma bella nos queda para siempre, florecida en versos sencillos e inmortales. Los rasgos impresos por el dolor en aquel rostro que al envejecer se iba a lo trágico, y que según un cronista, transfiguráronse al morir en esa efigie dantesca que trajera del infierno el gibelino, se fueron a la tumba con su siniestro escultor.

La muerte, a quien había temido como un niño a la oscuridad, fue a él sin que apenas la notara, con su paso ligero y su palidez celeste. Y así, en el seno del hogar recobrado, en su pueblo natal que es donde es bueno morir, maduro para el descanso como quien dio tanta flor y ninguna espina, recibió para decirlo con palabras de la *Ilíada* inmortal, "la gracia del sueño"...

Entonces empezó la apoteosis. El pueblo gastó para sus exequias lo que jamás le habría dado para vivir: pues tal hacen todos los pueblos con sus hijos ilustres. Cosa horrible, en verdad: solamente los déspotas suelen ser oportunos en su socorro. Así Rubén Darío debió a Núñez, el de Colombia, a Zelaya, el de Nicaragua, a Porfirio Díaz, aquellos vagos consulados y plenipotencias cuyo ocio es propicio al genio desde los tiempos de Cicerón: *aliquam legationem, aut... cessationem... liberam et otiosam*, dice Atico en el primer libro *De las Leyes:* alguna legación o jubilación libre y ociosa, para que el orador sublime compusiera con despacio sus cosas eternas.

Pero los pueblos no son generosos sino con sus amos. Con sus libertadores, nunca. Para éstos el bronce póstumo, el catafalco monumental que tampoco les otorgarían si con eso ellos mismos no se glorificaran. Para el amo, la sangre, el oro, el honor y el provecho en vida, el sufragio, la adulación. ¡Y eso se llama o se cree soberano!

¡Ah, si los pueblos no tuvieran el dolor, el dolor que aun a las bestias ennoblece, no merecerían sino desprecio. Su amor y su odio constituyen, pues, la misma cosa insípida para el hombre libre. Su justicia nunca llega cuando debe llegar; y así, conforme a la intención profundamente amarga de la leyenda, lo que glorifica al héroe y al dios es morir crucificado.

Esto que hacemos ahora es, pues, por nosotros mismos, no por el gran muerto que ya nada necesita, mientras nosotros necesitaremos cada vez más de él. La Argentina de su predilección debíase, en esta forma, un homenaje a cuyo favor recordaríamos, por ejemplo, que él la inmortalizó, única entre las naciones de América, con un excelso canto: aquel canto del centenario que es una erección de torres marmóreas y campanas de plata sobre la pampa de oro.

Mas he aquí que al fin es necesario callar; y que, como si el silencio sobreviniente saliera de su tumba, entra recién en mi ánimo la certidumbre de su muerte. Pues suele ser que al principio de estos grandes dolores, un estupor de piedra me embota el alma, el muro de la muerte que se interpone. Y después, un día viene la cosa triste, como al azar, y las lágrimas que también precisa esconder, porque son feas y puras como diamantes brutos. Y luego este deber terrible de la elocuencia, que mejor quisiera ser silencio y llorar; la cláusula medida en homenaje de belleza; la regla de bronce estoico sobre el ínclito mármol.

Pero no, no es esto, nada de esto lo que yo quería decirte. Óyelo, amigo bien amado, por que ahora hablo sólo para tí; "hermano en el misterio de la lira" como tú me dijiste una vez que con mi dicha fuiste dichoso. Tú sabes que soy fuerte, y no obstante, esto es lo cierto, me falló el corazón. Tú sabes que no ando con mis penas para que las compadezcan, sacándolas a luz, como un mendigo con sus llagas; que tengo una voluntad; que sé imponer al mismo dolor el deber de la belleza; y no sé, cómo, al notar que ya con estas palabras me despedía, el alma se me derramó en lágrimas casi felices de venir, del propio modo que una noche primaveral en un reguero de estrellas.